Egon Olsen
Heideblues

Egon Olsen, Jahrgang 1950, bockiger Schüler, rockender Kunststudent, Autor zahlloser Satiren für Bühne und Fernsehen, Nachtautor fürs Radio, Moderator, Musikproduzent. Er schrieb einige hundert Songs, machte Schallplatten und arbeitete mit vielen Showgrößen im Studio. Heute lebt er auf dem Lande zwischen Elbmarsch und Heide und beobachtet seine Umgebung mit boshaftem Interesse.

Egon Olsen

Heideblues

KBV

KRIMI

Originalausgabe

www.kbv-verlag.de
E-Mail: info@kbv-verlag.de
Telefon: 0 65 93 - 99 86 68
Fax: 0 65 93 - 99 87 01
Umschlagillustration: Ralf Kramp
Redaktion, Satz: Volker Maria Neumann, Köln
Druck: Grenz-Echo AG, Eupen
www.grenzecho.be
Printed in Belgium
ISBN 3-937001-66-2

Ich sehe ein Wasser blinken,
Das Wasser das ist frisch;
Ich sehe etwas schimmern,
Das ist fürwahr kein Fisch.

Hermann Löns

1. Kapitel

Die Autobahn ist eine merkwürdige Sache. Hier treffen in ständiger Lebensgefahr die unterschiedlichsten Menschen aufeinander: dösende LKW-Fahrer, halsstarrige Senioren, junge Hitzköpfe, angstvoll an die Mittelspur geklammerte Frauen, Männer mit schwelendem Tunnelblick. Die Überholspur ist eine einzige Schlange, da kommst du von rechts nur rein, indem du links einem vor die Nase fährst und ihn zum Bremsen zwingt. Hast du das geschafft, musst du ganz dicht am Vordermann kleben, sonst schert hinter jedem Laster ein Kleinwagen aus, quetscht sich in die Lücke und zwingt dich selbst zum Bremsen. Derweil blinkt zwei Meter hinter dir ein schwarzer Audi, obwohl der Schafskopf genau sieht, dass vor dir nicht frei ist. Und spätestens, wenn der dich rechts überholt, fällt dein Verstand aus dem Fenster. Ab jetzt gibst du Vollgas und riskierst alles. Du wirst zum Vollidioten, zum rasenden Vollidioten in einem rasenden Konvoi enthemmter, rasender Vollidioten.

Ich treffe zwar immer wieder Männer, die das für ihre Person zurückweisen und behaupten, sie seien total gelassene, defensive Fahrer. Aber das sind die Schlimmsten. Entweder lügen sie nämlich, oder es sind Oberlehrer – die Typen, die sich im Schneckentempo links neben einen Laster heften und schwer atmend ganze Vollidiotenkonvois blockieren, bis hinter ihnen die nackte Mordlust ausbricht.

Das ungeschriebene Gesetz der Autobahn lautet: Steck dir das geschriebene sonst wohin, gib Gas und bete. Es gibt nur eine Möglichkeit, dem aggressiven Sog zu entgehen – Ablenkung. Zum Beispiel durch eine aufregende Beifahrerin oder durch schöne Träume, Luftschlösser, Pläne: Man braucht einen Anlass für ein intensives Gespräch oder Selbstgespräch.

An diesem Samstag fehlte mir nur die Beifahrerin; Träume hatte ich so reichlich, dass ich das höllische Gerangel und Gedrängel um mich her kaum wahrnahm. Ich hatte mein ganzes Zeug schon vor der Fahrt in den Fußraum vor den Beifahrersitz geworfen, die Colaflasche klemmte im Handschuhfach – es konnte also nichts rutschen oder fallen. Der Diesel war hübsch in Schwung, ich kam gut voran. Am Berg bemerkte ich im Rückspiegel gelegentlich eine gewisse Nervosität, aber die da hinten hätten mir lieber dankbar sein sollen, ein Leichenwagen ist nämlich kein übler Schrittmacher – wo so eine düstere Todesmahnung von hinten angedonnert kommt, weicht man ganz gern zur Seite.

Während ich lenkte, riss ich den Mund auf und schnitt Grimassen dazu. So musste es zumindest von außen wirken, aber an befremdete Blicke war ich gewöhnt, die konnten mich nicht vom Singen abhalten. Schon gar nicht an diesem Tag. Ich sang Randy Newmans boshaftes Couplet über Simon Smith und seinen Tanzbären. Darin geht es um das fröhliche Leben mittelloser Künstler:

I may go out tomorrow
if I can borrow
a coat to wear
Oh, I'd step out in style
with my sincere smile
and my dancing bear

Es war nicht allein das Lied, das mir Spaß machte. Es war vor allem die Aussicht, endlich der Lage zu entkommen, die es beschreibt. Wenn der große Dr. Günther Didier Recht hatte –

und in solchen Dingen war auf ihn meist Verlass – würde meine ewige Geldnot bald ein Ende haben. Was für eine unglaubliche, herrliche Aussicht auf Erlösung! Songschreiber zu werden, war der größte Fehler meines Lebens gewesen. Nicht, weil ich nicht gut genug war – ich gehörte zu den besten. Mein Problem war gerade meine Schwäche für Qualität. Nach herrschender Auffassung muss Musik »aus dem Bauch« kommen. Ich dagegen konnte Geräuschen aus dem Bauch noch nie besonderen Hörgenuss abgewinnen. Ein guter Song kann alles ausdrücken; Gefühle wie Wut, Ohnmacht, Einsamkeit, Liebe oder pure Lebensfreude, er kann spotten, protestieren, bloßstellen, argumentieren und so weiter. Wenn er allerdings Gehör finden will, lässt er das alles bleiben und bleibt konsequent im Seichten. Und da zu schreiben, im Seichten, ist mir immer schwer gefallen. Zeilen wie *Marmor, Stein und Eisen bricht / aber unsere Liebe nicht* hätte ich überhaupt nie hingekriegt. Und wenn doch, hätte ich es richtig machen müssen: *Marmor, Stein und Eisen brechen* – und das wär's ja wohl schon gewesen. Ehrlich gesagt, hasse ich die Masse von Herzen für ihren Geschmack. Und Leuten gefallen zu müssen, deren Geschmack man zum Kotzen findet, ist eine eklige Lebensaufgabe. Das Schlimmste dabei: Selbst wenn du dich überwindest und verleugnest und so schmalzig daherkommst, wie es irgend geht – das Publikum spürt mit sicherem Instinkt, wenn du es nicht ehrlich meinst. Wirklich begeistern kann es sich nur für Kitsch, der von Herzen kommt – und von meinem Herzen kommt was anderes.

Trotz alledem hatte ich jetzt, nach all den Jahren, anscheinend doch noch irgendwie ins Schwarze getroffen. Mit etwas Glück würde ich bald nicht mehr den Tanzbären spielen müssen. Natürlich wusste ich aus drastischer Erfahrung, dass kein Pflänzchen dieser Welt so zart und empfindlich ist wie die Erfolgsaussichten in meinem Geschäft, aber eine Chance wie diese musste man erst einmal haben.

Ich konnte das Aufatmen im Pulk der Linksfahrer förmlich spüren, als ich endlich nach rechts ging und die Ausfahrt nahm. Schwungvoll lenkte ich den Diesel auf die Landstraße. Wenn ich geahnt hätte, was mich erwartete, wäre ich auf der Stelle umgekehrt.

Mein Wagen war ein Mercedes, ein uraltes Rappold-Modell mit einem Kreuz auf dem Dach, Palmzweigen auf den Scheiben und schwarzen Fenstervorhängen. Ich hatte ihn, wie schon oft, von meinem Vater geliehen. Es tat mir jedes Mal Leid, den alten Mann zu bekümmern, der sich nichts sehnlicher wünschte, als seinen Sohn in einem soliden Beruf Geld verdienen zu sehen, aber meine eigene Rostlaube war »zur Inspektion«, und ich brauchte ein Auto. Außerdem gehörten Papas Kummerfalten zu seiner Berufsausstattung, zumal er ein Mensch war, der trotz all der Jahre im Pietätsgewerbe noch erstaunlich oft echtes Mitgefühl mit seinen Kunden aufbringen konnte. Ein sanfter Mann, mit dem Alter steif und durchscheinend geworden. Er hatte besorgt ausgesehen, als er mir auf dem Hof hinter der Firma den Autoschlüssel gab. Der Wind zerrte an den weißen Strähnen, die sorgfältig über die rosige Kopfhaut gekämmt waren. »Ich kann dir nur den alten Wagen geben, Paul. Den neuen brauchen wir ja.«

»Ist doch bestens!«

»Hast du Geld?«

»Aber ja! Ich komm schon zurecht!« Die Firmenautos hatten immer einen vollen Tank; bis Niederholt würde es schon reichen. »Geh rein, Papa«, sagte ich, »ist zu kalt hier!«

Der alte Mann nickte. In der Tür drehte er sich noch einmal um und machte eine Armbewegung, die den Wagen, den

Hof, die ganze Firma umschloss. Ich kannte die Bedeutung: »Das ist alles deins.« Darin lag ein Vorwurf, der früher zu fürchterlichen Diskussionen geführt hatte. »Du vergehst dich«, hatte Papa mir vorgeworfen, »du vergehst dich an allem, was deine Mutter und ich aufgebaut haben, und an deinem eigenen Glück sowieso! Denk doch nur, was du mit deinen Gaben aus dem Geschäft machen könntest!«

Dummerweise waren meine Gaben eher musischer Natur. Als Junge war ich zwar anfangs ein ganz guter Schüler gewesen, doch das hatte schnell nachgelassen. Hieß es erst noch »dem Paul fällt alles zu«, so fielen mir bald nur noch die Augen zu. Die Schule langweilte mich grässlich. Ich hockte lieber zu Hause im Werkzeugkeller und spielte Gitarre. Ich schloss die dicke Tür hinter mir, schaltete den Verstärker ein und vergaß alles. Mit geschlossenen Augen spielte ich für ein imaginäres, wogendes Publikum, ließ die Saiten kreischen, wummern, weinen und jauchzen. Die einzigen Menschen, die mich tatsächlich hätten hören können, lagen nebenan, aber die konnten nicht mehr applaudieren. Je länger ich übte, desto schneller und sicherer flitzten meine kurzen Finger übers Griffbrett. Wenn ich richtig in Fahrt war, tanzte ich verzückt auf und ab, die leeren Flaschen in den Sprudelkisten jubelten mir scheppernd zu, meine krausen Haare flogen. Ich hatte sie lang wachsen lassen und war stolz darauf, dass sie vom Kopf abstanden wie bei Jimi Hendrix.

Auch meine Stimme war nicht übel. Anfangs klang sie schauerlich, denn mein erstes Vorbild war Paul McCartney, und es dauerte eine ganze Weile, bis mir aufging, dass der Mann Tenor war und ich Bariton. Als ich das aber mal eingesehen hatte, hörte ich mit dem Gequieke auf und entwickelte einen kratzigen, tiefen Sound, der auf Feten ziemlich gut ankam. Selbst ältere Mitschüler mussten neidisch zusehen, wie die Mädels dem kleinen, dicken Leichennickel an den Lippen hingen.

Meine Eltern waren nicht begeistert. Sie wünschten sich von mir mehr Verständnis fürs Geschäft.

»Was soll ich denn machen«, fragte ich damals, »soll ich im Elviskostüm auf den Sarg springen und *Crying In The Chapel* singen?«

Mein Vater hatte gekränkt geschwiegen.

Heute, fürchte ich, würden die Leute gerade solchen Blödsinn gern teuer bezahlen. Kürzlich musste ich für eine Trauerfeier ein komplettes Streichorchester besorgen, das sollte auf Wunsch des Verstorbenen *Conquest Of Paradise* fiedeln – die Musik, mit der weiland Henry Maske in den Ring stieg. Der verblichene Boxfan hatte sich wohl vorgenommen, das Paradies mit der Faust zu erobern und dem Schöpfer mal so richtig eine aufs Maul zu hauen; da hatte der Herrgott noch Glück, dass Henry Maske nicht Kickboxer war.

Das Warnlämpchen der Tankanzeige leuchtete auf. Ich ging vom Gas und hielt unruhig Ausschau nach Wegweisern. Ich hatte den berechtigten Verdacht, dass ich mich verfahren hatte. Überhaupt – hatte Didier nicht gesagt, die neue Autobahn sei fertig, man brauche nur den richtigen Abzweig zu nehmen? Vermutlich war ich laut singend daran vorbeigebrettert. Für mich sah hier oben alles gleich aus; ländlich, flach wie ein Kuhfladen, darüber der weite, eisige Winterhimmel. Unten leere Viehkoppeln, fahles Graugrün, kahle, windschiefe Hecken und Bäume. Neben den alten Bauernhäusern gab es überall Neubausiedlungen. Die automobile Erschließung der Region hatte eine Flut von Neubauten aufs Land geschwemmt; Einzelhäuser, Doppelhäuser, Reihenhäuser, alle in norddeutschem Ziegelrot gehalten, hölzerne Pferdeköpfe auf den Dächern, strammes Verbundsteinpflaster vor den Garagen, Sprossenfenster, akkurate, weiße Friesenzäune. Die Bauern in den ehemals verschlafenen Dörfern mussten sich in ständigem Goldrausch befinden; sie konnten schließlich den Wert ihrer Äcker im Handumdrehen um das Hundertfache steigern. Sie brauchten nur per Gemeinderatsbeschluss Bauland daraus zu machen. Ein Ratssitz unter Gleichgesinnten war da gleichsam eine Lizenz zum Gelddrucken.

Ich vermied es, darüber nachzudenken, was unter den neuen Pferdekopf-Dächern für Musik gehört wurde. Sie erinnerten mich immer an die TV-Kinderserien, in denen fröhliche Mädchen und Jungen unentwegt ins Grüne reiten, während die gutmütige Oma dem Jüngsten augenzwinkernd mit dem Finger droht, weil er vom Teig genascht hat. Das war schon im Sommer deprimierend genug, aber jetzt, im Dezember, wirkte das Bild auf mich vollends niederziehend.

Erst als ich den Deich sah, wurde mir klar, wo ich gelandet war. Ich fuhr ein ganzes Stück den grasbewachsenen Wall entlang, bis ein Weg im Bogen hinaufführte. Oben hielt ich an und stieg steifbeinig aus. Der Wind blies jeden Atemzug in weißen Fetzen davon. Ich ließ den Blick über die zähen Elbfluten wandern. Schräg gegenüber, am anderen Ufer, beherrschte ein monströser, hellgrauer Kubus das Bild. Ein Atomkraftwerk. Das musste Krümmel sein. Demnach war ich irgendwo in der Nähe der Geesthachter Brücke. Ich ging ein paar Schritte den Fußweg entlang, dehnte und reckte mich, die Hände hinter dem Kopf. Am stromabgewandten Deichfuß lag ein Kinderspielplatz. Eine Frau im blauen Anorak stand, die Hände in den Ärmeln, neben einer Bank aus groben Holzbohlen und beobachtete ihren dickvermummten Sprössling, der einsam an einem Kletterseil baumelte wie ein

Mehlsack. Ich ließ die Arme fallen, setzte mich wieder in den Leichenwagen und schlug den Autoatlas auf.

Ich war schon oft in Niederholt gewesen, doch aus der ungewohnten Richtung hinzufinden, war nicht ganz einfach, zumal es jetzt rasch dunkel wurde. Mit der Karte auf dem Schoß steuerte ich zurück nach Süden. Eines war wie immer: Je näher ich dem Dorf kam, desto schlechter wurde meine Stimmung.

Um fünf war es stockfinster. Ich hatte gerade eine Allee aus Eichen und Linden passiert, als der Motor zu stottern begann. Die Straße schlug einige leichte Kurven. Links dichter Wald, auf der anderen Seite eine Reihe von Weihern mit Nadelgehölz dahinter. Als der Wagen endgültig ausrollte und stehen blieb, konnte ich seitlich einen unbefestigten Weg erkennen, der zu einem Joggerparkplatz zwischen den Teichen führte. Der Tank war hoffnungslos leer, ich versuchte gar nicht erst, das Auto wieder in Gang zu bekommen, sondern schaltete die Scheinwerfer aus und benutzte die Zündung, um es so weit wie möglich von der Straße zu befördern. Einen Moment blieb ich in der plötzlichen Stille und Dunkelheit sitzen, dann griff ich zu meinem Handy.

»Ja?« Didiers Tonfall suggerierte wie immer, dass er beschäftigt war und nicht gestört zu werden wünschte, aber kaum hatte ich meinen Namen genannt, hub ein Jubilieren an: »Paulchen! Nickelchen!« Der hessische Akzent machte daraus »Paulschen« und »Nickelschen«, und der blecherne Klang der Stimme machte die Sache nicht besser. »Des Paulschen, unser Held der Saiten! Ja, wo bleibt er denn?«

»Der Held steht ohne Sprit im Wald«, sagte ich lahm. »Irgendwo am Teich zwischen Wittholt und Niederholt. Ich ...«

»... wart mal ganz kurz«, unterbrach Didier. »Ich hab De Kooning auf der anderen Leitung.«

Andy De Kooning war TV-Produzent. Didiers größter Vorzug bestand darin, ständig Leute wie De Kooning auf der anderen Leitung zu haben. Didier hatte unzählige Kontakte, er kannte Politiker, Spitzensportler, Geschäftsleute und so weiter. Mir war völlig schleierhaft, wieso sich Menschen, die es nicht nötig hatten, mit ihm abgaben, aber sie hatten es schon immer getan, selbst zu Zeiten, als er noch keine Millionen hatte und mit seiner Blechstimme als Sänger unterwegs war. Ich kannte niemanden, der in ihm nicht auf Anhieb einen Aufschneider und Hanswurst gesehen hätte, und doch war er einer der einflussreichsten Leute der Branche. Zu allem Überfluss hatte er auch noch politische Ambitionen, verfasste Rezepte für den Weltfrieden, Traktate gegen Ausbeutung und Krieg sowie Interviews, in denen er sich selbst fulminante Antworten auf knallharte Fragen gab. Dass er mit diesem Quatsch bis in den Vorstand seiner Partei gelangt war, hatte sie in meinen Augen nicht eben aufgewertet. Aber wen interessierte schon mein Eindruck. Irgendwann würde der schräge Verein die Fünf-Prozent-Hürde schaffen und Didier in den Bundestag befördern. Einstweilen nutzte er geschickt die Schaltstelle, die er eingenommen hatte: Er organisierte auf Kosten der Partei öffentlichkeitswirksame Großveranstaltungen, um die sich selbst arrivierte Popstars rissen. Dafür bewunderten ihn wiederum seine politischen Freunde, und am Ende hatten alle was davon – am meisten er selbst.

Der Wagen kühlte langsam aus. Ich begann zu frösteln. Der rabenschwarze Waldsaum verschwamm mit dem sternlosen Himmel, die Wasseroberfläche der Teiche zeichnete sich kaum heller ab. Die Straße war völlig leer. Endlich klingelte das Handy.

»Paulchen?« Jetzt gab sich die Blechstimme fürsorglich: »Pass auf, Paul, gleich kommt der Walter Lübbers dich mit seinem Auto abholen. Ist ein roter Golf, siehst du sofort. Den Walter kennst du, das ist der Bruder von unserem armen Willilein! Stell dich so hin, dass er dich sieht, gell!«

Ich fragte mich schon lange nicht mehr, warum der große Dr. Günther Didier manchmal so infantil daherquatschte. Der Niederholter Willi Lübbers war ein Walross von Mann, riesig rund und dick und ganz bestimmt kein armes Willilein. Vielleicht hatte Didier in einem seiner Verhaltensratgeber gelesen, dass man selbst größer erscheint, wenn man andere verniedlicht. Irgendwie fühlte ich mich von ihm tatsächlich immer wieder verunsichert.

Draußen war es eisig. Ich zog meine Jacke an, steckte das Handy ein, nahm die Reisetasche vom Beifahrersitz, schloss die Türen ab und machte mich zu Fuß auf den Weg in die Dunkelheit. »Links gehen, der Gefahr ins Auge sehen«, hatte man mir als Kind beigebracht. Ich ging zügig, trotzdem war ich binnen weniger Minuten durchgefroren. Notgedrungen begann ich zu traben. Meine kalten Fußknöchel schmerzten. Die Luft tat beim Einatmen weh, und ich musste die Reisetasche andauernd von einer Hand in die andere wechseln, um die jeweils kältere unter der Jacke aufzuwärmen.

Ich war vielleicht eine Viertelstunde gelaufen, als endlich Scheinwerfer durch die Bäume blitzten. Dankbar blieb ich stehen und stellte die Tasche ab. Ich bin zwar kräftig, aber nicht gerade gertenschlank. Keuchend schob ich die Hände unter die Achseln und trat von einem Bein aufs andere. Als die Lichter um die Kurve kamen, zeigte sich, dass sie gar nicht zu einem Auto gehörten, dafür standen sie viel zu eng beieinander und lagen viel zu hoch. Was da kam, war bloß ein Trecker. Mürrisch ging ich zur Seite, um ihn vorbeizulassen. Einen Augenblick stand ich im vollen Licht, die Baumstämme ringsum leuchteten kalkweiß.

Ich wollte geblendet die Augen schließen, doch das anschwellende Motorgeräusch hielt mich davon ab – und dann schoss die mächtige Maschine plötzlich brüllend auf mich zu, turmhoch, breit wie die Fahrbahn. Mit einem entsetzten Aufschrei warf ich mich in den Straßengraben, fiel hart auf die Seite, Äste stachen mir ins Kreuz. Eine Abgaswolke hüllte mich ein, die Erde bebte, und wenige Zentimeter neben meinem Kopf malmte ein riesiges Hinterrad vorüber. Sekundenlang war ich wie gelähmt, dann kroch ich außer mir vor Wut aus der Versenkung und sprang auf die Straße. Die Rücklichter des Traktors waren schon ein ganzes Stück weit weg.

»Arschloch!«, brüllte ich aus Leibeskräften, »Dreckiger Scheißbauer! Verfluchtes Arschloch! Scheiße! Verfluchte Drecksau!«

Vor meinen Augen tanzten immer noch Scheinwerferreflexe. Die Hose war heilgeblieben, aber in der Jacke fühlte ich einen Riss. Mit zitternden Händen suchte ich in der Finsternis nach meiner Tasche. Sie war plattgefahren und an der Seite aufgerissen. Ich klaubte sie auf und versuchte sie so unter den Arm zu nehmen, dass nichts herausfiel. Hinkend und fluchend machte ich mich wieder auf den Weg.

Vor Schreck war mir heißgeworden, doch bald kam die Kälte zurück. Mein Rücken tat weh. Der Weg zog sich. Als ich schon die Lichter des Dorfes zu sehen meinte, hörte ich hinter mir wieder einen Motor kommen. Diesmal blieb ich vorsichtshalber nicht stehen, sondern rannte seitwärts unter die Bäume. Wenig später leuchteten abermals zwei eng stehende Scheinwerfer die Straße entlang. Ich hätte allerdings nicht einmal schwören können, dass es derselbe Trecker war, dafür hatte ich ihn beim ersten Mal viel zu flüchtig wahrgenommen. Ein Nummernschild war auch jetzt nicht zu erkennen. Ich wartete zähneklappernd, bis er verschwunden war, dann machte ich mich wieder auf den Weg. Zum Glück war das Dorf jetzt tatsächlich nicht mehr weit.

Nach einer Viertelstunde tauchten hinter einer Biegung die ersten Häuser auf. Rote Ziegel, graue Verbundsteinauffahrten, weiße Friesenzäune, weihnachtliche Lichterbögen aus Elektrokerzen in den Fenstern und vor allem das leuchtende, tannengrüngeschmückte Schild des Wirtshauses: *Göke's Gasthof*. Ich riss die Tür auf und stampfte hinein. Als sich die Tür eben hinter mir schließen wollte, sah ich draußen einen roten Golf Richtung Wittholt brummen. Zu spät, Herr Lübbers.

Der Flur sah aus wie in vielen Dorfgasthöfen: Links ging es in den Schankraum, rechts zu den Toiletten, in der Ecke ein Zigarettenautomat, weiter hinten die Tür zum *Saal*, in dem wichtige Gemeinderatssitzungen und noch wichtigere Feuerwehrbälle stattfanden. Ich hielt mich links. Der Schankraum empfing mich mit bullernder Wärme, Stimmengewirr und Gelächter. Hinter dem Eichentresen, ein Adventsgesteck zur Linken, die Rechte am messingglänzenden Zapfhahn, thronte Heinrich Göke, Bürgermeister von Niederholt. Groß und breit, das Gesicht rot geädert, hätte er das Urbild eines gemütlichen Dorfwirtes geboten, wären nicht seine kalten, blassblauen Äuglein gewesen. Er wünschte mir vernehmlich guten Abend, sah aber knapp an mir vorbei. Ich hatte ihm mal mit ernster Miene erklärt, dass auf dem Wirtshausschild ein zweiter Apostroph fehle: Es müsse Göke's Ga'sthof heißen.

»Das ist mein Schild, Herr Nickel«, hatte er brettsteif geantwortet. Anneliese, seine Frau, grinste mir dabei aus der Küche zu. Die beiden sprachen seit Jahren kaum ein Wort miteinander.

»Paul!« Aus dem hintersten Winkel des Raumes strahlte mir ein hageres, hakennasiges Gesicht entgegen: Karl Kranz, Didiers Toningenieur. Karl der Redliche, Karl der Lange, Karl der unermüdliche Tag- und Nachtarbeiter, Karl der Kahle. Das spärliche Flaumhaar, das auf ihm wuchs, war so hautfarben, dass er nicht einmal Augenbrauen zu haben schien. Er legte die unvermeidliche Zigarette in den Aschenbecher und umarmte mich herzlich: »Ja, bist du deppert, der Leichennickel! Grüß dich, Burschi!«

Sofort hob sich meine Stimmung wieder. Ächzend ließ ich mich nieder und packte die lädierte Tasche neben mich auf einen Stuhl. Karl wollte wissen, was geschehen war, ich erzählte und ergänzte die Schilderung mit Mutmaßungen über die geistige Verfassung der traktorfahrenden Landbevölkerung.

Karl stimmte kopfschüttelnd zu. »Sag, hast scho' 'gessen?«, fragte er. »Wenn nicht, isst' besser hier was, weil heut kocht die Iris.«

Didiers Gattin Iris pflegte vegetarisch zu kochen, was Karl und mich regelmäßig ins Wirtshaus trieb.

Langsam taute ich auf. Meine Hände und Füße kribbelten. Die Rückenschmerzen ließen nach. Anneliese brachte mir eine Portion Grünkohl mit Kassler, Bregenwurst und Bratkartoffeln, dazu ein großes Glas Bier. Während ich mich damit befasste, musste Karl mir das Neueste aus Niederholt berichten.

»Was passiert is? Nix is passiert. Nur das Übliche halt.«

Das Übliche, so stellte sich heraus, bestand diesmal aus einer Prügelei mit Nasenbeinbruch, zwei Reitunfällen, einer unehelichen Zwillingsgeburt und einem Festakt der Freiwilligen Feuerwehr, der damit endete, dass der Schuppen hinter dem Gerätehaus abbrannte.

Bei allem Spott war Karl anzumerken, dass er sich in Niederholt zu Hause fühlte. Vor Jahren hatte ihn die Liebe aus Wien in die Lüneburger Heide verschlagen. Die blonde Britta war nicht lange bei ihm geblieben, dafür aber hatte er seine Liebe zum flachen Land entdeckt. Er sprach noch immer mit schwerem österreichischen Akzent, doch die Zeiten, in denen er beim verstörten Kaufmann Ehlebracht »Paradeiser« zu kaufen versuchte, waren vorüber. Karl konnte längst fehlerfrei »Tomaten« sagen, »Tüte« statt »Stanitzl«, »Frikadelle« statt »Fleischoaberl«, und seine Trinkfestigkeit genoss den Respekt des ganzen Dorfes.

»Und wie«, wollte ich wissen, »steht's auf dem Eichenhof? Alles wie gehabt im Hause Didier?«

Karl verzog bekümmert das Gesicht. »Der Willi hat zuadraht. Tot! Hat sich endgültig ins Jenseits gesoffen. Hat Delirium Delarium den Löffelstiel ab'geben, und aus die Maus!«

Deshalb also hatte der Doktor vom »armen Willilein« gesprochen. Willi war einmal der Erbe des Eichenhofs gewesen, der größten Besitzung in ganz Niederholt, aber er hatte alles verloren. Nach der Zwangsversteigerung gehörten die Ländereien anderen Bauern, und im Haus residierte der Doktor, dem Willi noch dankbar sein musste, dass er ihn als Faktotum auf dem Anwesen behielt. Über den dicken Willi und seine alkoholischen Eskapaden gab es unzählige Geschichten – und alle stimmten. Das behauptete zumindest Karl.

»Arme Sau«, sagte ich.

»Ach, weißt' – so a arme Sau war der Willi gar net. Der war ganz zufrieden in seinem Bretterhäusl. Der war ja quasi immer noch daheim auf sei'm Hof, und zum Saufen hat's Geld schon noch gelangt.«

»Aber nur ein Taschengeld.«

»Schon, ja. Nach dem Auftritt in der Sparkasse.«

Eines schönen Morgens war Willi im Schlafanzug in der Kreissparkasse erschienen und hatte die kreischende Filialleiterin mit einem Bolzenschussgerät durchs Haus gejagt. Seitdem hatte ein Vormund Willis Geschäfte geregelt. Direkt nach der Sparkassenszene machte er einen so fürchterlichen Zug durch die Gemeinde, dass er nachts auf dem Heimweg vom Fahrrad fiel und sich mitten im Wald ein Bein brach. Jeder andere wäre hilflos erfroren, doch Willi kroch drei Kilometer weit durch den Schneematsch nach Hause. Das Bein wurde genagelt und heilte wieder, blieb aber seltsam verdreht; der Fuß stand schräg nach außen. Im Jahr darauf rutschte er – unglaublich, aber wahr – auf seinem Bettvorleger aus und brachte es fertig, sich beide Arme zu brechen. Von den Studiofenstern aus konnten wir zuweilen den Doppelgips in der Ferne leuchten sehen.

»Weißt du noch, wie der Willi sich beide Arme gebrochen hatte?«, fragte ich.

Karl seufzte. »Gewiss. Hab mich damals immer gefragt: Wie putzt sich der jetzt den Oarsch?!«

Den hatte Willi nun für immer zugekniffen. Ich hob mein Glas. »Wann war denn die Beerdigung?«

»Morgen«, sagte Karl.

Ich lehnte mich zurück und schob den Teller von mir. Ich war satt, mir war warm, das Bier war angenehm kühl. »Hat hervorragend geschmeckt«, sagte ich, als Anneliese kam, um die Schüsseln abzuräumen. »War nur zu viel. Nächstes Mal nehm' ich einen Kinderteller.«

Sie lachte: »Wohl eher'n Seniorenteller.«

»Hörst, Anneliese zahlen tu mer heut net, des macht später der Doktor!«, versuchte Karl sie zu ärgern. Sie wusste, wie ungern Didier Rechnungen beglich, denn tagsüber arbeitete sie drüben in dessen Haushalt. Sie nickte aber nur grinsend in Richtung ihres Gatten, bevor sie davonrauschte: »Das müsst ihr ihn da sagen.«

Mit »ihn da« meinte sie »ihm da«. Das Plattdeutsche hat im Gegensatz zum Hochdeutschen nicht vier, sondern nur drei Fälle. Wer mit Plattdeutsch aufgewachsen ist, hat deshalb ein eher großzügiges Verhältnis zum Unterschied zwischen Dativ und Akkusativ. Auf Außenstehende kann das naiv wirken; Anneliese Göke für naiv zu halten wäre jedoch ein großer Fehler gewesen.

Karl stieß mich in die Seite: »Mal ernsthaft – lass mern Doktor bluten! Der hat Geld genug.« Karl sprach nie von Didier, sondern stets vom »Doktor« oder benutzte dessen eigentlichen Namen: Böckelfeld. Bei Karl klang das wie »Böckiföht«.

»Den Mann wer' ich nie begreifen.« Karl hob die Hände. »Jemand, der im Grunde nix kann wie labern, und schwimmt trotzdem im Geld! Weißt', was er jetzt wieder hingebracht hat? Weißt', wo er einen Titel platziert hat? Das ist der Hammer: Er hat die nächste Bridget-Summers-Single! Letzte Woche ist er mit der Nachricht aus Los Angeles heimkommen. Die nächste Bridget-Summers-Single ist von unserem Doktor! Text, Musik, Verlag – alles Böckelfeld. Angeblich.«

Mir stieg es heiß den Rücken hoch. Ich versuchte gleichgültig zu wirken. »Bridget Summers, aha. Na ja, gut – *ein* Titel, lieber Gott.« Rasch hob ich mein Glas vors Gesicht und trank.

»Geh, du bist doch unheilbar ahnungslos, Paul! Weißt du, wie viel das letzte Summers-Album weltweit verkauft hat?

Auf so was brauchst bloß eine halbe Nummer draufhaben, und du musst im Leben nimmer arbeiten. Einen solchen Titel tät ich dir amal gönnen!«

Ich tat, als würde ich in meiner plattgefahrenen Reisetasche kramen. Blätter und Erde zwischen Socken und Unterwäsche, verschrammte CDs, die Zahnpasta im ganzen Kulturbeutel umhergequetscht. Ich schämte mich. Erstens, weil ich meinem Freund die Wahrheit verschweigen musste, und zweitens, weil ich das abwegige Gefühl hatte, es sei Unrecht, so viel Glück zu haben, wenn Karl es nicht hatte. Vermutlich war es genau dieses Gefühl, das seinerzeit Elvis Presley dazu trieb, dauernd Cadillacs an seine Freunde zu verschenken. Vielleicht würde ich auch bald ein paar Geschenke verteilen können. Im Geiste sah ich, wie ich Karl beiläufig einen Autoschlüssel zuwarf: »Hier Alter, du stehst doch auf Porsche – der da drüben gehört dir.« Und Karl würde nach Luft ringen, sprachlos vor Rührung und Dankbarkeit. »Du, Paul, ich weiß gar nicht, wie ... wie ...«

»Ihren Leichenwagen hab ich im Wald gefunden, bloß Sie nicht, Herr Nickel!« Walter Lübbers war gewichtig an den Tisch getreten und zeigte ein halb vorwurfsvolles, halb schelmisches Lächeln. Er war fast ebenso groß und rund wie sein verstorbener Bruder, doch im Gegensatz zum rotblonden, schwammigen Willi hatte Walter dunkles Haar, das zu einer Ponyfrisur geschnitten war, und wirkte äußerst gesund und kompakt. Unter seinem zeltartigen, offenen Dufflecoat spannte sich ein handgestrickter Norwegerpullover, die Brille blitzte, dahinter braune Rehaugen. Er war sichtlich stolz auf seine langen Wimpern, denn beim Sprechen klimperte er fortwährend damit. Er legte die Hände an die Hosennaht wie ein Schuljunge: »Darf ich mich setzen?«

»Wir wollten grad gehen«, sagte Karl rasch und erhob sich.

Ich stand ebenfalls auf und streckte Walter die Hand hin. »Mein Beileid.«

Sein Gesicht zog sich einen Moment in die Länge. »Danke«, sagte er tonlos. Dann leuchteten die Augen wieder hoffnungsvoll auf: »Ich fahre Sie rüber, ja?«

2. Kapitel

Als ich um den alten Golf herumgehen wollte, um einzusteigen, hielt Karl meinen Arm fest. Ich sah ihn fragend an, doch er schaute nur entzückt auf Walter. Der Dicke hatte sich mühsam durch die Tür auf den Fahrersitz gequetscht und warf sich nun – zwecks besserer Verteilung der Massen – wild hin und her, sodass das ganze Auto schaukelte. Ein eindrucksvolles Bild. Nun tastete er keuchend nach dem Sicherheitsgurt, zerrte an seiner verrutschten Garderobe, rückte am Innenspiegel, glühte den Diesel vor und wandte sich uns schließlich auffordernd zu. Karl kroch grinsend nach hinten, ich drückte mich auf den Beifahrersitz. Trotz seines Umfangs gehörte Walter zu den vornübergeneigten Fahrern, die mit der Nase an der Frontscheibe kleben. Ruckelnd steuerte er das Vehikel erst ein Stück die Hauptstraße entlang, dann bog er rechts ab. Im Scheinwerferlicht tauchte die Backsteinwand der Friedhofskapelle auf, danach durchquerten wir ein kleines Waldstück. Walter zeigte mit dem Finger auf einen tiefen Graben, der sich links des Weges erstreckte. »Seit Jahren völlig trocken, der Peerbeek hier«, erklärte er wichtig. »Peerbeek heißt Pferdebach. Früher mal ist da die ganze Feuchte aus dem Sumpf hinter der Fehnkoppel längsgeflossen, bis sie 1816 alles in die Niddau reingeleitet haben, damit das Dorf für den Brandfall genug Löschwasser haben sollte. Das ist historisch. Hab ich letztes Jahr wissenschaftlich erforscht, für die Festschrift von der Freiwilligen Feuerwehr.«

»Donnerwetter«, sagte ich höflich.

»Ja, da drüber gibt es sogar ein Gerichtsurteil aus dem Jahre 1867, das besagt: Die Niddau hat Anspruch auf zwei

Drittel vom Peerbeekwasser!« Was aus dem dritten Wasserdrittel geworden war, blieb im Dunkeln, denn Karl sagte unvermittelt: »Du, Paul – weißt' überhaupt, wen wir morgen im Studio haben werden? Die Nina Simon!«

Ich pfiff durch die Zähne. Nina Simon war nicht irgendwer. Sie war ein internationaler Musical-Star; ihr hatte ganz Paris zu Füßen gelegen, in den USA galt sie als Fräuleinwunder. Soweit ich wusste, ließ sie sich gerade von einem millionenschweren Wall-Street-Broker scheiden.

Bevor ich Karl über die geplante Session ausfragen konnte, passierten wir zwei pseudoantike Kutschlaternen, die ein Bewegungsmelder klickend einschaltete, und da lag der Eichenhof, ein großes Backsteinhaus unter mächtigen Bäumen. Es präsentierte sich mit seinen Nebengebäuden und den hellen Fenstern äußerlich durchaus einladend. Direkt davor stand ein schwarzer Porsche. Auf einem kleinen, kiesbestreuten Parkplatz unter den Bäumen standen ein silberfarbener BMW-Geländewagen, Didiers großer Audi Quattro, der Mercedes-Kombi seiner Frau und ein dunkler 7er BMW. Walter eilte voraus, um uns die Haustür aufzuhalten, auf der ein Plastikschild prangte: *Kulturkreis Niederholt e.V.* – der Doktor nutzte das Anwesen für ein privates Steuersenkungsprogramm.

Das Gebäudeinnere war weniger einnehmend. Wie in vielen norddeutschen Bauernhäusern der Jahrhundertwende waren die Zimmer hoch, aber klein. Deshalb hatte Didier in der Wand zwischen dem engen Treppenhaus und der ehemaligen Wohnstube einen Durchbruch schaffen lassen, sodass ein größerer Raum, eine Art Diele entstanden war, wo es trotz neuer Kunststofffenster scheußlich zog. Der Kohleofen war durch einen Ölofen ersetzt worden, die alten Dielen mit Laminatplatten im Kiefernholz-Look beklebt. Ein

Adventskranz baumelte an einem dünnen Draht unter der Deckenlampe.

An der Rückwand des Raumes stand verloren ein modisches Sofa, und darauf saß, noch verlorener, ein kleiner Mann mit braunen Locken und freundlichem Clownsgesicht. Wie es sich für einen Clown gehörte, sah er zutiefst melancholisch aus, aber in diesem Zimmer alleingelassen musste jeder trübsinnig werden.

»Dem Himmel sei Dank!« Der kleine Mann sprang auf und kam auf uns zu: »Menschliche Antlitze!« Er boxte mir vertraulich auf den Arm. Wir umarmten uns. Dann sah er mir ins Gesicht: »Na ja, *fast* menschlich!« Er reichte Karl die Hand.

»Ja, da schau her, der Pelle«, sagte Karl, »was machst denn du hier? Warum bist denn net ins Wirtshaus kommen?! Was macht Köln? Und wo ist überhaupt der Doktor?«

»Ins Wirtshaus bin ich nicht gekommen, weil mir heute nicht nach Angestarrtwerden ist«, sagte Pelle, »Köln macht mal wieder Karneval, und der Doktor ist mit der großen Nina Simon oben im Büro.«

»Darf ich mich vorstellen, Herr Schmitz«, räusperte sich Walter, die Hände an der Hosennaht, »mein Name ist Lübbers.« Und als ob das seine Anwesenheit erklärte, fügte er stolz hinzu, wobei er den Blick mit flatternden Wimpern zur Decke richtete: »Dies hier ist nämlich mein Elternhaus.«

Pelle Schmitz nickte verbindlich, tat Walter aber nicht den Gefallen, auf dessen Eröffnung einzugehen. Pelle gehörte seit vielen Jahren zum Ensemble von *Acht nach Acht*, einer wöchentlichen Comedy-Show, die mit regelmäßig fünf Millionen Zuschauern zu den erfolgreichsten Fernsehsendungen Europas zählte. Er war es gewohnt, der »Kundschaft« bereitwillig Autogramme zu geben und allzu dumme Fragen und Bekenntnisse verständnisvoll zu ignorieren.

Lübbers setzte mit Grabesstimme nach: »Mein Bruder ist letzte Woche verstorben.«

Nun war Pelle doch irritiert. »Das tut mir Leid.« Er fixierte Lübbers prüfend, dann sah er mich schief an wie ein verwirrter Foxterrier. Ich musste lachen. Ich war schon immer Pelles dankbarster Fan gewesen. Neben seinem komischen Talent hatte er beachtliche musikalische Fähigkeiten, spielte ein rasantes Akkordeon und konnte damit jeden Saal zum Kochen bringen. Ich hatte einige Platten für ihn produziert, die sich aber allesamt nicht verkauft hatten. Vermutlich deshalb, weil wir uns gegenseitig zu allzu schrägen Ideen anstachelten.

Lübbers sah verunsichert von einem zum anderen. Ich wechselte das Thema. »Hat jemand eine Ahnung, was eigentlich anliegt? Und wer noch alles kommt?«

Karl war überrascht. »Ich hab gedacht, das wüsstest du! Es geht um dem Böckelfeld seinen neuen Radiosender: *Radio4Fun*.« Karl sprach es englisch aus: »Radio for fun, verstehst, und ›for‹ wie ›four‹ geschrieben, vier, als Ziffer. Irrsinnig originell. Der Doktor hat a Lizenz, und jetzt will er jedem seiner Schäfchen die Chance geben zu investieren.«

»Tja, bei mir gibt's nichts zu scheren«, sagte ich, »aber du könntest Haare lassen, Pelle.«

Pelle nickte. »Wer weiß – vielleicht lohnt es sich. Von Geld versteht unser Doktor schließlich was. Aber große Lust hab ich nicht. Irgendwie hab ich sowieso schon viel zu viele Verträge mit ihm.« Er rieb sich fröstelnd die Hände. »Sagt mal, gibt es hier irgendwann noch was zu essen? Ich hab vier Stunden im Auto gesessen, mir hängt der Magen auf die Knie!«

Karl und ich nickten lebhaft. »Es wartet ein Festmahl auf dich«, sagte Karl, »von der Hausherrin mit eigener Hand bereitet: Kürbisbrot, Tofu-Würsterl und auf jedem Avocadoschnitz a Weimberl – eine Weintraube.« Ich grinste. »Karl und ich haben leider bereits gegessen.«

»Mistbock!«, kam es von der Treppe. Ein langes, schlankes Beinpaar in schlabberigen Nike-Pants wurde sichtbar. Es gehörte Nina Simon. Karl pfiff leise durch die Zähne. Direkt hinter ihr zeigte sich, gleichfalls sportlich behost, der Mistbock – Dr. Günther Didier.

»Zicke!«, antwortete er und bekam ein »Chauvi!« zurück. Zwei weitere Beine erschienen, diese in konventionellem, dunkelblauem Zwirn. Der Besitzer erwies sich als sehr großer, kräftiger, blasser Mann mit Geheimratsecken. Didier zog Nina Simon an den Haaren: »Blöde Tussi!« Sie warf neckisch den Kopf zurück: »Penner!«

Pelle verzog unangenehm berührt das Gesicht und sah mich an: »Was soll das? Proben die für's Ohnsorg-Theater?«

»Sieht so aus«, sagte ich, »ist aber nur Günthers Art, der Welt mitzuteilen, dass er eine neue Eroberung gemacht hat.«

Es gibt unzählige Agenten und Verleger und Marketingleute und andere Figuren im Showgeschäft, denen man von weitem anmerkt, dass sie im Grunde verhinderte Künstler sind, aber der Doktor war ein besonders krasser Fall. Er spielte ständig irgendwelche Rollen, war ständig auf seine Außenwirkung bedacht. Nach seiner Heirat mit Iris Didier hatte er sich sofort edles Bütten mit dem Briefkopf *Dr. Günther Böckelfeld-Didier* bedrucken lassen. Als sich alles darüber schlapplachte, beschränkte er sich widerstrebend auf *Dr. Günther Didier*.

Er kostümierte sich zu gern, passte seine Kleidung jedem Anlass und jedem Publikumsgeschmack an: Auf Schlagergalas glänzte er in italienischen Seidenanzügen, bei Gewerkschaftsveranstaltungen erschien er mit blau kariertem Hemd, die Rapperszene beehrte er mit Wollmütze und offenen Schnürsenkeln. Er besaß sogar unterschiedliche Brillen. Zu Autorenlesungen trug er ein Horngestell, zu linken Kundgebungen eine Nickelbrille, bei Verleihungen goldener Schallplatten kamen Dior, Prada oder Gucci zum Einsatz. Nur wenn pure Jugendlichkeit gefragt war, trug er gar keine Brille (er brauchte schließlich auch keine). Und das Verrückteste: Er glaubte ernsthaft, überall gleichermaßen authentisch zu wirken.

»Was findt' a Frau wie die Nina Simon bloß an so am g'schertn Einedrahra?«, murmelte Karl kopfschüttelnd.

Die nahe liegende Antwort war Didiers Äußeres. Er sah bemerkenswert gut aus. Etwas über mittelgroß, schlank, gepflegt, volles schwarzes Haar, glatte Haut, ein ebenmäßiges Gesicht mit ausdrucksvollen braunen, wenngleich leicht vorstehenden Augen. Ein kräftiges Kinn, weiße Zähne hinter wohlgeformten Lippen, darüber eine perfekt gerade Nase. Als ich ihn vor Jahren zum ersten Mal traf, hatte er noch einen ziemlich krummen Zinken im Gesicht. Damals saß ihm gerade ein Lokalblatt wegen irgendwelcher krummer Geschäfte im Nacken, was er seinerseits als »Hetzkampagne der reaktionären Presse und Aufforderung zur Gewalt« anprangerte. Und wirklich wurde er danach überraschend Opfer einer Gewalttat: Seiner Schilderung zufolge fing ihn eines Abends vor seinem Haus ein finsterer Vermummter ab, der »Böckelfeld, du linke Sau!« schrie und ihm sodann aufs Nasenbein schlug. Von dem Unhold fand sich nie eine Spur, doch das Opfer lief eine ganze Weile ostentativ leidend mit verpflastertem Gesicht umher, und das Lokalblatt musste sich entschuldigen. Als der Doktor die Nase schließlich wieder offen trug, sah sie tatsächlich ganz anders aus als vorher. Das war wohl das erste Mal in der Geschichte der Presse, dass eine Zeitung mittels chirurgischer Nasenkosmetik von der Enthüllung peinlicher Zusammenhänge abgehalten wurde.

»Petzi, Pelle und Pingo!« Mit ausgebreiteten Armen stand Didier auf der untersten Treppenstufe und sonnte sich in seinem Witz: Petzi, Pelle und Pingo! Ich empfand es mal wieder als höhere Gerechtigkeit, dass der schöne Doktor mit dieser schrillen Stimme geschlagen war. »Petzi, Pelle und Pingo«, schepperte es, »Petzi, der Held der Saiten, Pelle, der Meister der Komik und Pingo, der Beherrscher des Lötkolbens!«

Ich lachte pflichtschuldig und ärgerte mich im selben Augenblick darüber. Ich würde mich jetzt tagelang »Petzilein« nennen lassen müssen. Warum konnte ich mich nicht einfach kühl abwenden wie Karl?

»Schön, dass ihr da seid, meine Lieben! Nina Simon kennt ihr natürlich, und dies«, wies Didier auf den großen Herrn mit den Geheimratsecken, »ist der Herr Schreiner vom Rechenzentrum, das meine Außenstände bearbeitet.«

Nina Simon lächelte freundlich, während wir ihr vorgestellt wurden; Schreiner verzog keine Miene.

»Der Herr Lübbers hier aus dem Dorf«, fuhr Didier fort, »ist ein guter Freund, dem ich künftig mein Haus anvertraue, wenn ich auswärts bin.« Er seufzte kummervoll. »Bislang war dafür immer sein Bruder da, unser lieber Willi, der gerade von uns gegangen ist. Dazu sag ich nachher noch was, aber jetzt …«, er öffnete mit großer Geste die Tür zum Esszimmer, »jetzt kommt erst mal rein, kommt rein – die Iris hat was für uns vorbereitet!«

Das Essen war genau so, wie Karl es beschrieben hatte, und fand entsprechend wenig Anklang. Pelle aß grämlich einen

Teller Möhrensuppe und ein gebratenes Tofuwürstchen, dann machte er es wie Karl und ich und hielt sich an das Bier, das in kleinen Einwegflaschen auf der Fensterbank bereitstand. Auch Nina Simon und Schreiner aßen kaum; an dem Nudelsalat fand allein Lübbers Gefallen. Die Hausfrau ließ sich nicht sehen, doch das war nichts Besonderes. Didier und Gattin lebten seit langem auf Distanz in einer reinen Zweckgemeinschaft; Iris pochte auf finanziellen wie häuslichen Rückhalt für sich und die beiden Kinder, während er bei Bedarf für die Öffentlichkeit den treusorgenden Familienvater oder Gastgeber mimen konnte. Außerdem wusste sie viel zu viel über seine Geschäfte und Winkelzüge, als dass er sie hätte wegschicken können.

Bei Tisch schilderte Didier euphorisch die enormen Möglichkeiten des Kommerzradios im Allgemeinen und von *Radio4Fun* im Besonderen, sprach über Senderfarben, Reichweiten und Formate, vor allem aber über die ungeheuren Verdienstchancen für Investoren. Ich saß wie auf Kohlen. Ich wollte wissen, was er in Los Angeles erreicht hatte, suchte immer wieder seinen Blick, aber er wandte sich fast nur in Nina Simons und Pelles Richtung – dorthin, wo das Geld saß. Pelle zeigte sich allerdings nicht sehr geneigt, sondern wollte sich lieber mit Nina unterhalten.

Als sich der Doktor ein alkoholfreies Bier holte, passte ich ihn am Fenster ab: »Wie steht's denn nun mit Bridget Summers, Günther?«

»Nicht jetzt«, zischte er. »Später! Denk an unsere Abmachung!«

Von draußen war ein Automotor zu hören. Karl spitzte das geschulte Ohr und stöhnte: »Ein Passat. Ah je. Der Berthold Wiesegger. Konnte dieser Kelch nicht an uns vorübergehen?«

Der Doktor eilte hinaus. Wenig später hörte man von dort sein typisches Geschnäbel. »Ei der Berthold! Du bist ja so spät, mein Bertilein! Willst du nicht reinkommen?«

Nein, Berthold wollte noch nicht reinkommen, sondern wollte sich erst frisch machen. Er legte jedoch Wert darauf, schon mal seinen imposanten Bassbariton ins Haus schallen zu lassen. Erstaunlich, dachte ich, wie weit der Eindruck tragen kann, dass sich jemand gern reden hört.

Lübbers füllte sich den Teller zum dritten Mal mit Nudelsalat und zwinkerte uns dabei zu, als tue er etwas Verbotenes. »Ich bin kein Vegetarier«, sagte er, »aber bei so gesunden Sachen, da kann ich nicht widerstehen! Gesunde Ernährung ist extrem wichtig.« Er klopfte sich schelmisch auf den Bauch. »Und als gelernter Landwirt, da weiß man, was gut ist und ökologisch in Ordnung.«

»Landwirt?«, fragte Karl harmlos. »Bist du net Grundschullehrer?«

Lübbers nickte. »Ich bin Lehrer, aber auch Landwirt und Gärtner! Das ist ein ungeheurer Vorteil in einer Dorfschule! Ich gehe mit den Kindern immerzu raus in die Natur; bei uns hier gibt es so viel zu sehen – Feuchtbiotope, Wallhecken, Streuobstwiesen, seltene Sträucher, Stauden, Wildblumen. Sie glauben ja gar nicht, wie begeistert die Kinder Pflanzen bestimmen, Pilze suchen und Heilkräuter!«

Karl neigte sich zu mir herüber und flüsterte vernehmlich: »Die Bälger hassen ihn!« Walter zuckte, tat aber, als habe er nichts gehört. Schnell sagte ich: »Mit meiner nächsten Grippe komm ich zu Ihnen, Walter, und hol mir Kamillentee.«

Lübbers hob einen dicken Zeigefinger: »Grippe ist ein Virusinfekt. Da hilft keine Kamille. Da hilft nur eine gute Kondition.« Wieder klopfte er auf seinen Bauch. »Gesunde Ernährung, das ist das Geheimnis!« Er wurde ernst. »Mein armer Bruder hat sich leider ganz schlecht ernährt, nichts wie Konservendosen. Ich hab ihm jeden Tag hundert Mal gesagt, dass das nicht gut gehen kann!«

Karl schüttelte den Kopf. »Geh, sammer ehrlich, Walter – an Unterernährung gestorben ist der Willi net!«

»Nein. Gestorben ist er am Alkohol. Der hat ihn kaputtgemacht. Gegen den ist kein Kraut gewachsen.« Walters Gesichtsausdruck bekam eine scheinheilige Note. »Gegen den hätte ihm nicht mal der Schuster Nagel helfen können.«

Pelle wurde die Sache zu obskur. »Wie? Was? Schuster Nagel? Was für ein Schuster Nagel?«

Karl und ich nickten uns gequält zu. Diese Frage hatte Lübbers provozieren wollen. Jetzt war er nicht mehr zu bremsen. »Der Schuster Nagel«, holte er aus, »war ein Heilkundiger, der Ende des 19. Jahrhunderts im Dorf gewirkt hat. Der war in ganz Deutschland berühmt, sogar im Ausland! Bis zu tausend Leute am Tag sind damals nach Niederholt gekommen. Da gab es Hotels hier, Droschken, alles wollte zum Wunderdoktor. Der hat immer gleich zehn Patienten auf einmal behandelt, so groß war der Andrang!«

»Aha«, sagte Pelle.

»Ja, Sie werden lachen: Der Schuster hat den Leuten im Nacken ein Haarbüschel abgeschnitten, gegen's Licht gehalten und durch eine Lupe begutachtet – und dann wusste er die Krankheit!«

Pelle nickte. »Faszinierend.«

»Nicht wahr?! Besonders natürlich für mich als geborenen Niederholter. Sie müssen wissen«, Lübbers senkte den Kopf und sah mit stolzem Augenaufschlag in die Runde, »ich bin so was wie der offizielle Dorfchronist! Wenn Sie Interesse haben, gebe ich Ihnen gerne mal die letzte Festschrift der Freiwilligen Feuerwehr. Da ist meine ganze Geschichte des Dorfes drin.«

Jetzt war er in Fahrt. Auf die historische Würdigung der Niederholter Feuerwehr folgte die des Kegelklubs, des Posaunenchors und des Sportvereins, wobei die Meriten vieler wichtiger Mitglieder kritisch gewürdigt wurden. Auch eigene Verdienste verschwieg Lübbers nicht. So berichtete er ausführlich, wie er sich geopfert und das Stellvertretende Bürgermeisteramt angenommen habe, weil sein umfassendes Wissen für den Gemeinderat unverzichtbar gewesen sei. Walter unterstrich alle Ausführungen, indem er mit dem dicken Zeigefinger erläuternde Kreise und Rechtecke aufs Tischtuch malte, und lächelte zwischendurch mit flatternden Wimpern unter dem Pony hervor in die Runde, als schäme er sich dafür, seine Zuhörer so unwiderstehlich zu fesseln.

Da ich die Show schon kannte, vertrieb ich mir die Zeit damit, die Reaktionen des Publikums zu studieren. Karl hatte sein Gehirn abgeschaltet und war offenen Auges und Mundes in einen schlafartigen Zustand gesunken (er nannte das »Brain Mode Off«). Pelle dagegen setzte ein hingerissenes Gesicht nach dem anderen auf; mal nickte er bedeutungsvoll zustimmend, mal legte er einen Finger an die Lippen oder bewegte den Mund, als spreche er Walters wichtigste Informationen nach. Nichts in seiner Mimik gab auch nur den leisesten Hinweis auf Zweifel an seiner Ernsthaftigkeit, und gerade das war es, was Nina Simon veranlasste, sich in lautlosen Lachkrämpfen auf ihrem Stuhl zu winden. Dafür strafte Pelle sie mit empörten Seitenblicken, die noch mehr verzweifeltes Prusten auslösten.

»Hör auf!«, flüsterte sie.

Schreiner saß unbeteiligt auf seinem Stuhl und hielt den mächtigen Kopf schläfrig gesenkt. Trotzdem vermittelte er irgendwie den Eindruck, als sei er fähig, Lübbers im nächsten Moment niederzuschießen.

Der Doktor lehnte im Türrahmen und lächelte. Er beobachtete Walter mit boshaftem Amüsement wie einen plumpen Nachtfalter, der die Leselampe zu begatten sucht. Schließlich reichte es ihm aber: »Ja, unser Walter Lübbers – gelernter Landwirt und Heilpädagoge!« Dann begann er zu singen:

»Ich bin der Doktor Eisenhut
Widewidewitt bumm bumm
Kurier die Leute wohlgemut
Widewidewitt bumm bumm!«

Pelle fiel ein:

»Kann machen, dass die Blinden gehn
Und dass die Lahmen wieder sehn
Gloria, Victoria, widewidewitt jucheirassa
Gloria, Victoria, widewidewitt bumm bumm!«

Lübbers war verstummt. Didier legte ihm eine Hand auf die Schulter: »Lass uns grad noch mal über den Willi sprechen.« Er senkte betroffen die Stimme: »Der Bruder vom Walter ist uns ein ganz, ganz treuer Freund und Haushüter gewesen. Morgen wird er beerdigt, und die Iris und ich werden ihm selbstverständlich die letzte Ehre erweisen. Karl, Paul – ihr habt ihn ja beide auch gut gekannt, ihr wollt gewiss mit.«

Ich stimmte wieder mal bereitwilliger zu, als es mir lieb war. Überraschenderweise nickte auch Karl.

»Sehr schön«, sagte Didier, nun wieder in nüchternem Ton. »Jetzt noch was ganz anderes. Nina, vom Paul Nickel hab ich dir ja erzählt. Der Paul hier ist derjenige, der morgen die Aufnahmen machen soll.« Er warf mir einen Verschwörerblick zu. »Paul, die Nina will eine Bridget-Summers-Nummer auf

Deutsch machen; das Playback hab ich aus LA mitgebracht, der Karl hat's schon überspielt.« Er sah Karl an, der nickte.

Ich konnte mir schon denken, welche Summers-Nummer auf Deutsch gemacht werden sollte, hätte aber lieber gewusst, wie es um die englische Version stand. Leider machte der Doktor auch für den Rest des Abends keine Anstalten, sich auf das Thema einzulassen.

Zum Auftritt Berthold Wieseggers hätten eigentlich Alphornfanfaren und ein Ballett leichtgeschürzter Knaben gehört. Nina Simon mochte keine Diva sein – Wiesegger war eine. Er kündigte sich, nunmehr frisch gemacht, schon von draußen mit sonorem Dröhnen an: »Günther?! Wo bist du? Wo geht's rein? Aaah, hier geht's rein!« Damit war sichergestellt, dass bei seiner Ankunft aller Augen auf ihn gerichtet waren. In der Tür verharrte er sekundenlang und ließ seine Erscheinung wirken: tadellose Fönfrisur, Dreitagebart, buschige Brauen, Trachtenjanker, weißes Hemd mit Binder. Er sah ausschließlich Didier an und posaunte bestürzt: »Günther! Was ist passiert, um Gottes willen? Was ist los?!«

Karl rieb sich die Stirn. Er musste, das hatte er mir mal erzählt, beim Klang von Wieseggers Stimme immer an lauwarme Teewurst denken. Ich fand die Situation insofern erfreulich, als Didier endlich einmal hilflos wirkte. Er grinste nur verständnislos und wusste keine Antwort, weil es nun mal keine gab. Mit perfektem Timing griff Wiesegger dem Moment vor, in dem die peinliche Spannung womöglich nachgelassen hätte, riss die Augen auf und wandte sich flüsternd an alle: »Grüß Gott miteinander, aber – entschuldigt bitte sehr – was ist passiert? Ein scheußlicher Unfall? Vor dem Dorf steht ein pechschwarzer Leichenwagen an der Straße!«

Pelle mahnte Nina mit einem strengen Blick, ernst zu bleiben. Sie bedeckte ihr Gesicht mit der Hand. Karl stöhnte leise. Schreiner sah misstrauisch von einem zum anderen.

»Es ist so«, meldete sich Walter Lübbers eilfertig, »das ist bloß der Wagen von dem Herrn Nickel.«

»Er gehört meinem Vater«, stellte ich richtig, »mein Vater hat ein Bestattungsinstitut.«

»Ein Bestattungsinstitut«, wiederholte Wiesegger, wobei er bleiern nickte, als habe er einen schweren Schicksalsschlag zu verdauen. »Und wer … wer ist gestorben?«

Walter Lübbers zog die Mundwinkel nach unten und klapperte mit den Wimpern. »Mein Bruder Willi.«

»Jemand aus dem Dorf?« Wiesegger war enttäuscht. »Mein Beileid.« Er ließ Lübbers links liegen und sah Didier an. »Dir geht's aber gut? Frau und Kinder wohlauf? Na, Gott sei Dank!«

Wie es aussah, hatte er vor, den Rest des Abends als Bühnenstück mit Berthold Wiesegger in der Hauptrolle aufzuführen. Didier gab sich immer wieder alle Mühe, ihn unauffällig beiseite zu nehmen, um ihm die Vorteile einer Beteiligung an *Radio4Fun* schmackhaft zu machen, doch Wiesegger hatte anderes im Sinn. Je diskreter der Doktor die Unterhaltung zu gestalten suchte, desto lauter sorgte Wiesegger dafür, dass jeder im Raum erfuhr, worum es ging. Außerdem interessierte ihn *Radio4Fun* nicht. Er wollte darüber reden, warum das vorgesehene Honorar für seine Teilnahme an der *Samstagabendwette*, der größten Fernsehshow Deutschlands, so unzumutbar niedrig sei. »Ich freue mich ja über die Einladung, verstehst du, aber wieso soll ich da als Einziger von all den Gästen für ein Butterbrot auftreten!?«

Didier atmete tief durch. »Berthold, das ist nicht das *Musikantenschoberl*! In der *Samstagabendwette* solltest du notfalls sogar ohne Honorar auftreten, und zwar mit Kusshand! Die *Samstagabendwette* ist Gratiswerbung im Megamaßstab! Was glaubst du, was bei denen los ist, wie die Künstler denen die Tür einrennen?! Ich hab baggern müssen wie ein Blöder, um dich da reinzukriegen!«

»Wie bitte? Du hast baggern müssen?! Entschuldige mal – der Emmerich hat mich schon vor Jahren persönlich angesprochen und gefragt, ob ich nicht ...«

»... ja, vor zwanzig Jahren vielleicht! Heute treten da Leute wie Leonardo DiCaprio und Madonna auf, da werden doch heute ganz andere Ansprüche gestellt als ...«

»... genau! Ganz andere Ansprüche! Leonardo DiCaprio geht da mit Sicherheit nicht für einen Hungerlohn hin, und Madonna auch nicht!«

»Nein, natürlich nicht, aber – ohne dir nahe treten zu wollen – Leonardo DiCaprio und Madonna sind Weltstars! Und du bist Volksmusikant, ein singender Schauspieler aus Meisenwang!«

Wiesegger schnappte nach Luft. »Ein singender Schauspieler aus Meisenwang? Ein singender Schauspieler aus Meisenwang?! Und wer verdient an dem singenden Schauspieler aus Meisenwang?! Das bist *du* doch, Günther! *Du* verdienst doch an meinen Platten! *Du* verdienst doch an meinen Auftritten!«

Didier schloss entnervt die Augen.

Wieseggers Halsschlagadern traten hervor. »Schön, ich bin vielleicht nur ein singender Schauspieler aus Meisenwang, aber deshalb habe ich es noch lange nicht nötig, mich für ein Butterbrot feilzubieten! Ich fordere dich hiermit unter Zeugen auf: Sag meinen Auftritt ab! Sag ab! Sag alles ab! Sag alles, alles ab!« Er reckte das Haupt und sah applausheischend um sich. »Ich hab doch Recht!«

Die Runde war bestrebt, so unbeteiligt wie möglich zu wirken. »Ich bin ein bisschen müde«, sagte Nina, »ich geh dann mal ins Bett.«

»Ich bin auch müde«, sagte Pelle, und ich schloss mich hastig an: »Ich auch.«

Karl stand einfach grußlos auf und ging. »Die sind doch krank«, sagte er in der Halle, »alle beide.«

Ich schob wütend die Hände in die Hosentaschen. Ich war kein bisschen schlauer als zuvor.

»Was ist?«, fragte Karl.

Ich wich aus: »Sag mal, warum hast du bloß so bereitwillig gesagt, dass du mitgehst zu dieser Beerdigung?«

Karl war erstaunt. »Das hast du doch auch!«

»Stimmt«, ärgerte ich mich, »aber du kennst mich doch – ich bin ein Weichei, ich kann nicht nein sagen.«

Karl schüttelte den Kopf und grinste. »Hast du schon mal eine Beisetzung in Niederholt erlebt?«

»Nein.«

»Dann lass dich überraschen.«

3. Kapitel

Ich war anscheinend der Letzte, der zum Frühstück herunterkam, und fand nur mehr Reste und benutztes Geschirr auf dem Tisch. Ich spülte mir eine Tasse ab, goss mir lauwarmen Kaffee ein und versuchte, den Nebel aus meinem Kopf zu vertreiben. Vor dem Fenster versammelte sich die Familie Didier. Der Doktor mit schwarzem Mantel, schwarzer Krawatte und Goldrandbrille, seine Gattin ganz in Anthrazit. Iris war eine hübsche, kleine Blondine mit spitzem Gesicht und knapp gezirkelten Bewegungen. Ihr Töchterchen Laura sah aus wie sie, der kleine Tobias ähnelte weder der Mutter noch dem Vater. Die Kinder trugen dunkelblaue Steppjacken.

Ich stand gerade vom Stuhl auf, als Karl in der Tür auftauchte. »Morgen Burschi! Was ist, geh' mer beisetzen?« Er trug eine sehr eigenartige rotwollene Kopfbedeckung mit grellgelbem Zickzackmuster und sah ansonsten auch nicht frischer aus als ich.

Ich zeigte auf seine Mütze. »So willst du auf eine Beerdigung?«

Er machte eine wegwerfende Handbewegung. »Hol deine Jacke!«

Draußen schlug er zu meiner Überraschung nicht den Weg zum Friedhof ein, sondern verschwand im Schuppen.

»Wo willst du hin?«

Er erschien mit einem Kanister in der Hand. »Die Predigt und das Gesinge brauch mer net, wir holen solang deinen Wagen. Wenn wir durch die Felder gehen, sind wir in zehn Minuten da.«

Der Spaziergang erwies sich als gute Idee. Es war kalt, aber nicht ganz so eisig wie am Vortag, und die Luft roch nach

Schnee. Wir gingen zügig an Wallhecken und Wassergräben entlang, scheuchten Krähen und Elstern auf. In der Ferne glänzte ein großer Baggersee. Er musste sehr tief sein, denn er hatte Unmengen von Baustoff für die neue Autobahn liefern müssen. Monatelang hatte ein Baggerschiff von dort aus unaufhörlich Sand durch dicke Rohre zu den Baustellen gepumpt.

»Ah je«, sagte Karl und drehte sich um, »der Bruno.« Von hinten näherte sich in donnerndem Galopp etwas Braunes, Schlappohriges: Willis Neufundländer. Ich wusste, was nun kam, denn Bruno liebte Karl. Zuerst schoss der riesige Hund mit einem Höllentempo auf ihn zu, als wolle er ihn umrennen, dann umkreiste er ihn mit tiefem Gebell, stellte sich auf die Hinterbeine und umarmte ihn. Anschließend zeigte er, dass er mich ebenfalls liebte. Neufundländer wirken wegen ihres dichten Pelzes leicht ein wenig dick und behäbig, doch Brunos fünfundsiebzig Kilo bestanden aus purer Kraft. Im Augenblick erschien er sogar eher schlank, denn das Fell klebte ihm klamm und dreckig am Körper. Binnen Sekunden hatte er uns komplett eingesaut. Dennoch – ich mochte den Hund ebenfalls. Ich drückte den riesigen Kopf an mich, bekam das Gesicht abgeschlabbert und musste streicheln, kraulen und Rücken klopfen, wobei Bruno die ganze Zeit wie verrückt mit dem Schwanz um sich schlug und laut hechelte.

»Ja, sakra!«, sagte Karl, »jetzt hör schon auf, Paul! Jetzt stink mer scho selber wie a Sumpfloch! Geh mer, geh mer, geh mer!«.

Wir setzten uns wieder in Bewegung, Bruno donnerte voraus. Nach kaum einer Viertelstunde waren wir am Ziel. Der Leichenwagen stand einsam am Waldrand.

Während Karl den Kanister in den Tank leerte, schabte ich die Scheiben frei. Ich hielt dem Hund die Heckklappe auf, doch Bruno wandte den Kopf ab und wich zurück. Karl sagte: »Der geht in kein Auto, Paul. Den hat der Willi als Welpen aus Süddeutschland geholt – im Kofferraum. Der Bruno geht sein Lebtag in kein Auto mehr. Lass uns losfahrn. Der Hund kommt scho heim.«

Der Motor sprang anstandslos an, was ich auf Karls Anwesenheit zurückführte; er hatte eine geheimnisvolle Wirkung auf jedwede Technik.

Wenig später trafen wir beim Friedhof ein. Im Windschutz der kleinen Kapelle hatte sich eine Gruppe von Männern versammelt. Sie drehten die Köpfe, als der Leichenwagen vorfuhr. Karl grüßte sie mit päpstlicher Geste und neigte huldvoll die Wollmütze. Die Männer, anscheinend angeführt von Heinrich Göke, trugen graugrüne Jacketts mit dunkelgrünen Revers, weiße Handschuhe, grüne Krawatten, passende Hütchen und Beinkleider sowie glänzende Orden und Ehrenzeichen: Dies war der Niederholter Schützenverein mitsamt Trompeter und Fahnenträger.

Karls Augen glitzerten. »Los, komm!«

Aus dem Innern des Kapellchens drang die Stimme des Pfarrers, dann wurde gesungen.

»Hoffentlich machen sie's kurz da drinnen«, sagte Karl.

Auf einem Pult unter dem Kapellenvordach lag ein Kondolenzbuch aus, in das wir uns einschrieben. Dann traten wir von einem Bein aufs andere, um uns warmzuhalten.

»Was soll's, lass uns zu Göke gehen«, schlug ich flüsternd vor.

Karl wehrte ab: »Naa, doch jetzt net, grad geht's los!« Er hob den Zeigefinger.

Das Totenglöckchen bimmelte. Die Flügeltüren zum Friedhof öffneten sich, Pfarrer, Sarg und Trauergemeinde erschienen und bewegten sich gemessen auf den Gottesacker. Familie Didier ging direkt hinter den nächsten Angehörigen, die Schmerzensmiene des Doktors war erbarmungswürdig. Als der Trauerzug das offene Grab erreichte, blieben Karl und ich in einiger Entfernung stehen. Willis alte Mutter wurde von Walter Lübbers gestützt. Ihr Gesicht war kalkweiß. Ich musste schlucken. Der Eichenhof war auch einmal ihr Zuhause gewesen; später war sie manchmal bei uns dort vorbeigekommen, hatte im Studio vernichtende Kommentare über unsere »Rummelmusik« abgegeben, und an Sommerabenden hatten wir alle gemeinsam draußen auf der Bank gesessen, geraucht und gelacht.

Der Sarg wurde hinabgesenkt.

»Gut, dass' so kalt ist!«, raunte Karl.

»Warum?«

»Wenn's lang geregnet hat und kein Frost in der Erde ist, steht das Grundwasser manchmal so hoch, dass es platscht, wenn der Sarg unten ankommt. ›Seebestattung‹ heißt das hier.«

»Und was ist mit der Grundwasserverseuchung?«

»Nix.«

»Wie, nix?«

»Ist kein Thema, weil sonst müssten sie den Friedhof schließen. Und das net nur in Niederholt!«

Der Pfarrer trat vom Grab zurück. Der Schützenverein trat geschlossen zwei Schritte vor. Karl griff nach meinem Arm.

Ein zackiger Befehl schallte über den Friedhof: »Die Fahne – senkt!«

Während nun das bierdunst- und rauchgeschwängerte, mit dem Niederholter Wappenadler schwerbestickte Tuch aus dem Vereinsheim der Schützen sich über den Sarg neigte, setzte der Trompeter sein Instrument an die Lippen und trötete *Ich hatt einen Kameraden*. Krähend stieg die Melodie in den schneeverhangenen Himmel.

Karl sah mich erwartungsvoll an. »Na, ist das was?! Ist das ein Erlebnis?!«

»Pfui!«, antwortete ich. »Das ist nicht witzig!« Ich wandte mich zum Gehen, um mein Grinsen vor der Trauergemeinde zu verbergen.

»Zum Göke – brecht auf!«, befahl Karl und, dort angekommen, »Das Wirtshaus – betretet! Das Schinkenbrot – bestellt!«

»Ihr Wiener seid ein morbides Volk!«, sagte ich.

4. Kapitel

Wenn Laien ins Studio kamen, blieb ihnen die Luft weg. Weniger wegen der vielen goldenen Schallplatten an den Wänden – es war die überwältigende Menge technischer Geräte, Lämpchen, Knöpfe, Displays. Am eindrucksvollsten war das riesige SSL-Mischpult, das sich fast über die ganze Breite des Regieraums erstreckte und für sich allein schon mehr Regler, Tasten und Anzeigen besaß als jedes Jumbo-Cockpit. Bei laufendem Mix bewegten sich die automatisierten Regler der sechsundfünfzig Kanalzüge wie von Geisterhand. In die Trennwand zum großen Aufnahmeraum waren links und rechts des Sichtfensters mannshohe Studiomonitore mit gewaltigen Lautsprechern eingelassen, an einer anderen stand eine lange Reihe niedriger Racks, die mit Kompressoren, Delays, Hallgeräten und anderen Klangbearbeitern vollgestopft waren, und ihnen gegenüber, rechts vom Mischpult, waren Sampler und Synthesizer angeordnet, ein Masterkeyboard sowie die Bildschirme und Bedienungseinheiten des Harddisc-Aufnahmesystems. Es gab auch noch eine analoge Bandmaschine, doch die befand sich, zusammen mit Festplatten und anderen geräuschträchtigen Apparaten, in einem separaten Maschinenraum, sodass in der Regie selbst völlige Ruhe herrschte. Eine angenehm ausgeglichene Raumakustik ergab sich aus der besonderen Konstruktion der Wände und des Fußbodens, sodass man sich bei der Arbeit ganz auf die unbestechlichen Lautsprecher konzentrieren konnte, die jeden Ton so glasklar darstellten, als erscheine er unter einer Lupe.

Dies alles war Karls Werk. Er hatte das Studio von Grund auf für Didier entworfen, er kannte jedes Kabel und jede

Lötstelle. Jeder seiner Handgriffe war traumwandlerisch sicher, und es gab keinen Wunsch, den er einem Produzenten oder Musiker nicht erfüllen konnte. Karl war ein seltenes Juwel. Ich hatte mich schon oft gefragt, ob dem Doktor das klar war. Didier bezeichnete sich öffentlich gern als Produzenten, doch ohne Karl hätte er nicht mal einen Furz aufnehmen können.

Als ich gegen drei hineinging, war schon alles perfekt vorbereitet. Karl hatte das Playback aufgelegt, das geeignete Mikrofon für Nina Simons Stimme ausgewählt, alle nötigen Einstellungen getroffen und sogar den Text fotokopiert. Nina winkte mir durch die Trennscheibe aus dem Aufnahmeraum zu. Ich brauchte im Grunde nur noch die Aufnahmetaste zu drücken.

Karl drehte seinen Ledersessel und rollte ein Stück vom Mischpult zurück. »Ist ein schöner Song, Paul, wunderbare Ballade.«

Das fand ich auch. Ich hatte beim ersten Ton erkannt, dass es meine war. Das Playback aus Los Angeles war phantastisch. Dass die Amerikaner es produziert hatten, war zwar noch keine Garantie dafür, dass Bridget Summers den Titel wirklich als Single nehmen würde, aber er war zumindest in der engeren Wahl. Und jetzt sang erst einmal Nina. Ihre Stimme klang zu der voluminösen amerikanischen Produktion ein wenig hart und eckig.

Plötzlich öffnete sich die Außentür, und völlig unerwartet stand Iris Didier mitten im Raum. »Na ihr beiden, fleißig bei der Arbeit?«

Ich fragte mich, ob ich sie je zuvor hier drinnen gesehen hatte. Sie hatte sich nie fürs Studio interessiert. Sie spähte durch die Scheibe in den Aufnahmeraum.

»Wer singt? Ach, die Nina!« Sie winkte hinüber, die blauen Augen ausdruckslos. Eine Zeit lang stand sie still und hörte zu. »Toll«, sagte sie schließlich, »dann mal gutes Arbeiten!« Sie drehte sich auf dem Absatz um und verschwand.

Karl kratzte sich verblüfft den Flaum über den Ohren. »Ja hallo, was war jetzt des?«

Er wartete, bis er überzeugt war, dass er nicht mehr gebraucht wurde, dann griff er nach seiner Jacke. »Du kommst ja klar, Paul, ich lass euch jetzt allein. ›Wichtige Besprechung‹ beim Doktor! Bis später!«

Ich ließ es ruhig angehen. »Komm erst noch mal rein«, bat ich Nina in die Regie, »kurz reden.« Sie drückte die schwere, schallgedämpfte Zwischentür auf und setzte sich in Karls Sessel. Lange Glieder, Jeans, ein weicher, grauer Pulli, das dunkelblonde, halblange Haar streng in den Nacken zurückgekämmt, das schmale Gesicht nicht puppenhaft schön, doch ebenmäßig, empfindsam und klug. Sie sah mich fragend an. Ihr Lächeln hatte etwas provozierend Belustigtes.

Ich hätte verunsichert sein sollen, aber ein Charakterzug, der mich selbst immer wieder an mir überrascht, ist dieser: Wenn es um meine Musik geht, weiß ich genau, was ich will und setze es durch wie ein Panzer. »Ich schlage vor, du singst die Nummer erst ein paar Mal ganz durch, damit du warm wirst und ich einen Eindruck kriege. Danach setzen wir uns wieder zusammen und überlegen, wie wir im Einzelnen weitermachen, ok?«

Wie nebenbei stellte ich Fragen zu Ninas Gesangsgewohnheiten, äußerte mich anerkennend über ihre Stimme und erklärte, mir seien solche Künstler am liebsten, die sich nicht scheuten, voll aus sich herauszugehen und auch mal völlig schief zu liegen – nur so könne man alle Grenzen ausloten und das Optimum erreichen. Dass ich ihre Stimme mochte, war gelogen – die würde ich erst mögen, wenn ich sie haargenau so aufgenommen hatte, wie es mir vorschwebte. Aber

Nina fasste Vertrauen. Sie begann ziemlich unbefangen zu singen und gewann rasch an Sicherheit. Schon im zweiten und dritten Durchgang lieferte sie sehr brauchbare Passagen. Danach besprachen wir die weniger guten und nahmen sie einzeln in Angriff. Inzwischen war die Spannung so gelöst, dass wir beide über jeden Ausrutscher laut lachen mussten. Wir hielten ständigen Blickkontakt durch die Scheibe; neben Ninas konzentriertem Gesicht sah ich gelegentlich die Spiegelung meines eigenen im Licht des Bildschirms aufscheinen; den zauseligen Haarwust, dunkle Augen, den breiten Mund, der meist offen stand, wenn er nicht gerade drauflosquasselte oder grinste. Ich war aber viel zu sehr auf die Arbeit konzentriert, als dass ich mein Spiegelbild hätte beachten können. Ich fand bestätigt, was ich ohnehin wusste: Nina war nicht ohne Grund ein Star. Sie erfasste jede meiner Intentionen, griff jeden Hinweis auf, arbeitete mit Energie und unermüdlichem Temperament. Ich nahm auf, sammelte und sortierte; jeder Take stellte sich auf dem Bildschirm als langer Balken dar; die schlechten Balken wurden gelöscht, die besten rot markiert. Und während sich der Monitor mehr und mehr rötete, setzte draußen allmählich die Dämmerung ein, und die Fenster wurden tiefblau.

Hatte Ninas Musicalstimme zu Anfang noch laut und hart geklungen, so wurde sie nun immer weicher, offener und gefühlvoller. Langsam aber sicher wuchs sie mit den Instrumenten zu einer Einheit zusammen, ließ sich von der Musik tragen und wiegen. Als ich nach drei Stunden schließlich wusste, dass alles genau so aufgenommen war, wie ich es haben wollte, hörte ich Nina sagen: »Ich glaub, das war's, Paul. Wenn ich's noch mal singe, muss ich dabei heulen.«

»Komm rein«, sagte ich. Während sie mit angezogenen Knien auf Karls Sessel kauerte, suchte ich die schönsten roten

Balken für eine vorläufige Fassung zusammen, und als ich dann den Song im Ganzen abspielte, war ich selbst beeindruckt. »Wow – wie hast du das gemacht?«

»Wie hast *du* das gemacht?«, gab sie zurück.

»*Ich* hab nicht gesungen«, sagte ich. »Das warst du!« Ich spielte alles noch mal.

Für eine Weile sagten wir nichts, saßen nur still im Dunkeln und ließen die Leuchtdioden und Displays schimmern.

»Was hältst du von Günther?«, fragte sie unvermittelt. Ich zögerte, aber die intime Atmosphäre ließ keine andere als eine ehrliche Antwort zu: »Günther ist ein hochintelligenter, erfolgreicher Hochstapler, er lügt, wenn er den Mund aufmacht, und wenn's um Geld geht, kennt er keine Hemmungen.«

Sie schien betroffen. »Ich ... Ok – ich weiß, was über ihn geredet wird und so, aber wenn einer so was schreiben kann wie das«, sie deutete auf den Bildschirm, »wenn einer so was schreiben kann …«

Ich sah auf meine Hände. Sie versuchte, mir ins Gesicht zu sehen. »Paul, darf ich dich was fragen? Du kennst ihn doch schon lange. Was meinst du …« Sie zögerte, dann gab sie sich einen Ruck: »Was meinst du, wird er sich von Iris trennen?«

Die Frage ernüchterte mich. »Hat er dir gesagt, dass er *das* vorhat?« Ich brauchte nicht aufzuschauen, um zu wissen, dass sich ihre Augen mit Tränen füllten.

Sie stand auf. »Das Lied ist von dir, nicht?«

Ich sah noch immer nicht auf, aber ich konnte fühlen, wie ihre Züge hart wurden.

Als sie gegangen war, schob ich den Gedanken an ihr Gesicht beiseite und nahm den zweiten Arbeitsschritt in Angriff. Ich hörte alle guten Takes nochmals genau durch, prüfte Ausdruck, Intonation, Rhythmik. Hier schob ich ein

Wort um ein paar Millisekunden vor oder zurück, dort stimmte ich einen Vokal behutsam höher oder tiefer, ich tauschte missratene Silben gegen schönere aus, ich entfernte störende Nebengeräusche und brachte zu leise oder zu laute Stellen auf den richtigen Pegel. Am Ende war alles wie aus einem Guss, alles stimmte: Gefühl, Klang, Dynamik. Ich sah auf die Studiouhr: kurz nach zehn.

Sorgfältig sicherte ich die Daten, fuhr die Rechner herunter, schaltete die ganze Anlage ab und zog meine Jacke an. Draußen reckte ich gähnend die Arme in die frische Luft, dann steckte ich den Schlüssel ins Türschloss und bekam einen fürchterlichen Hieb auf den Hinterkopf.

5. Kapitel

Das Erste, was ich hörte, war mein eigener Aufschrei, das Erste, was ich spürte, war mein Aufklatschen auf eisiges Wasser. Ein Poltern irgendwo hoch oben, totale Dunkelheit, nur ein Funkenregen hinter meiner Stirn. Ich schluckte Schlamm, würgte, versuchte aufzustehen und fiel wieder. Ein brutaler Schmerz tobte in meinem Kopf, ein explodierendes Höllenfeuer, während um mich her knietief die halbgefrorene Brühe schwappte. In meinem Hirn gab es nur einen einzigen verrückten, panischen Gedanken: Seebestattung.

Wieder versuchte ich hochzukommen, wieder verlor ich das Gleichgewicht. Auf die Ellbogen gestützt, reckte ich den Hals aus dem Wasser, um zu atmen. Die Kälte biss in meinen Körper. Ein Grab! Ich zwang mich auf Hände und Knie und kroch vorwärts. Nein, kein Grab: viel größer, und meine Finger stießen im Dreck auf Gegenstände wie große Steine oder Dachziegel, dann irgendein altes Werkzeug, eine Axt oder dergleichen. Dann eine Wand. An ihr konnte ich mich ganz langsam aufrichten.

Der rasende Schmerz im Kopf hätte mich fast wieder niedergezwungen. Meine Zähne klapperten und rasselten unkontrolliert. Unter meinen Händen bröckelnder Verputz, feucht und glitschig. Ich tastete mich mühsam daran entlang, mit den Füßen Hindernisse im Wasser umgehend. Jetzt eine Ecke. Dann eine Nische in der Wand. Ein Haufen Schutt. Noch eine Ecke – und dann, o Gott, eine Stufe! Eine Treppe. Taumelnd stieg ich aus dem eisigen Matsch. Eine dritte Stufe, eine vierte. Eine Tür. Ich suchte mit steifgefrorenen Fingern hektisch nach einer Klinke, einem Riegel, einem Schlüssel.

Nichts. Ich warf mich gegen das Holz, rüttelte daran – vergebens. Die Tür war fest verschlossen.

Mir war so unbeschreiblich kalt, dass ich kaum glauben konnte, dies alles wirklich zu erleben, das stockdunkle Dreckloch, den Modergestank, die Ausweglosigkeit. Ich versuchte klar zu denken. Mein Handy fiel mir ein. Ich war sicher, dass ich es im Studio noch gehabt hatte, ich suchte in allen Taschen – es war nicht da. Es wäre sowieso unbrauchbar gewesen. Ich rief um Hilfe, doch meine Stimme war total heiser, wollte einfach nicht.

Verfluchte Tür! Halt! Ganz ruhig. Hatte da vorhin im Schlamm nicht so was wie eine Axt gelegen? Danach konnte ich suchen! Langsam, langsam die Stufen wieder runter. Es kostete mich enorme Überwindung, nochmals in den eisigen Modder zu steigen. Diesmal tastete ich mit den Füßen, bestrebt, nicht hinzufallen. Ich konnte meine Beine kaum mehr fühlen. Statt an der Wand entlangzulaufen, wollte ich abkürzen, verlor aber schon nach wenigen Schritten die Orientierung. Ich schob suchend einen Fuß vor den anderen. Ich stieß auf Steine, einen Autoreifen, auf etwas wie ein Fahrrad, Holz, jede Menge Undefinierbares. Jedes Mal wenn ich mich bückte, wollte mir der Kopf platzen. Ich war nahe daran aufzugeben, als ich endlich die richtige Stelle wiederfand. Da war aber keine Axt, es war ein verrosteter Spaten. Meine Finger waren jetzt so empfindungslos, dass ich den Fund nur mit Mühe festhalten konnte. Mit der einen Hand drückte ich ihn an die Brust, mit der anderen tastete ich mich an der Wand entlang zum Ausgang. Die Ecke. Eine Ewigkeit bis zur kleinen Nische. Jetzt der Schutthaufen. Und noch eine Ewigkeit bis zur zweiten Ecke. Über die Stufe wäre ich beinahe gestolpert. Schlotternd stieg ich hinauf.

Diesmal untersuchte ich die Tür noch gründlicher. Ich musste herausfinden, in welche Richtung sie aufging. An der Stelle, wo ich das Schloss vermutete, schlug ich den Spaten mit aller Kraft in den Spalt zwischen Türblatt und Laibung: einmal, zweimal, dreimal – und plötzlich fiel mir das Ganze entgegen, und ich stolperte rückwärts ein drittes Mal ins Wasser. Tür, Schloss, Rahmen, alles war völlig verrottet. Die Nachtluft trieb einzelne Schneeflocken durch die Öffnung. Und noch etwas war da: ein großes, braunes Tier, mit roter Zunge und glückseligem Hecheln.

Ich befreite mich von den Türresten und kletterte die Stufen hinauf. Als ich mich aufrichtete, sah ich nur hundert Meter weiter die Fenster des Didier-Hauses leuchten.

»Bruno, du Blödmann, warum hast du nicht gebellt?«

Ich wusste jetzt, wo ich gewesen war: in einem alten Stall, der aus unerfindlichen Gründen gut drei Meter tief in den Boden eingegraben war; ursprünglich ein »eingetiefter Hühnerstall«, wie Walter Lübbers einmal wichtig erklärt hatte. Willi hatte Schweine darin gehalten. Die Dachtraufe befand sich knapp hüfthoch über der Erde, und was unter der Erde war, wusste ich jetzt auch. Im Dach, erinnerte ich mich, hatte immer ein großes Loch geklafft, aber das war nun mit ein paar alten Brettern abgedeckt.

Ich wäre gerne losgerannt, ins Haus, ins Warme. Daran war aber nicht zu denken. Meine Beine waren knirschende Eiszapfen, die ich ganz langsam und vorsichtig bewegen musste, um nicht zu stürzen. Bruno hatte dafür kein Verständnis, er umkreiste mich ungeduldig und hatte die Kutschlaternen in der Einfahrt schon angeklickt, lange bevor ich den Radius des Bewegungsmelders erreicht hatte. Die letzten Schritte zum Hauseingang waren die schwersten, weil dort Stufen zu nehmen waren. Ich stieß die Tür auf. Aus meinen Kleidern lief das Schlammwasser und bildete Pfützen zu meinen Füßen. Der Wohnflur war leer, das Esszimmer dunkel. Es kamen aber Stimmen aus dem Kaminzimmer. Die letzten Meter lief ich wie auf Stelzen. Dann sah ich den Doktor durch die Türöffnung, ausnahmsweise mit Iris an seiner Seite, Nina mit erstarrten Zügen in größtmöglichem Abstand zu beiden. Schreiner stocherte im Feuer, Pelle betrachtete schadenfroh Berthold Wiesegger, der von Walter Lübbers zugetextet wurde.

»Hallo«, sagte ich.

Alle Köpfe wandten sich mir zu. Ich sah noch die entgeisterten Gesichter, dann fiel ich um.

* * *

Als ich aufwachte, lag ich in meinem Bett im Gästezimmer. Ich hatte einen fremden Pyjama an und bestialische Kopfschmerzen. Was zum Teufel war passiert? Das Auto war stehen geblieben. Ich war zu Fuß weitergelaufen, und … ja, jetzt fiel es mir ein: das Essen bei Göke, der Abend mit Didier und den anderen, Bruno, die Beerdigung … die Seebestattung!

Meine Schläfen pochten. Ich war in dem entsetzlichen Dreckloch gefangen gewesen, dem widerlichen Schweinestall voller Wasser! Wie war das möglich? Wie hatte ich da reingeraten können? Ich hatte doch im Studio gearbeitet, hatte Ninas Gesang aufgenommen. Sie war gegangen, ich hatte die Aufnahmen editiert, danach alles runtergefahren und die Tür abgeschlossen. Und dann? Nichts mehr. Bis zu dem furchtbaren Sturz ins Wasser, der Dunkelheit, der Kälte, der Suche nach der Axt im Schlamm, den Treppenstufen ins Freie, dem Weg zum Haus. Im Kaminzimmer war mir schlecht geworden. Ich erinnerte mich dunkel, dass sie mich aufs Sofa gehoben hatten. »Zieht ihm bloß das nasse Dreckzeug aus!« Ich erinnerte mich auch an süßen Tee, an ein heißes Bad und an einen Arzt. »Unterkühlung«, hatte der gesagt. »Eine Spritze für den Kreislauf, Bettruhe.«

Ich richtete mich vorsichtig auf. Der Kopf! Ich fuhr mit der Hand darüber und fühlte hinten eine Riesenbeule. Meine Haare stanken noch immer nach Schlamm.

Das Türklopfen war so leise, dass es kaum zu hören war, der Griff senkte sich lautlos, dann tauchte ein besorgtes Clownsgesicht auf, das sich rasch zu einem Lächeln verzog.

»Du bist ja wach, Alter!«, sagte Pelle. Er balancierte ein Frühstückstablett in der Rechten. »Der Arzt hat angeordnet, dass dich keiner stören darf, und wir haben darum geknobelt, wer es trotzdem tut. Ich hab gewonnen.«

»Geknobelt? Au Backe!«, sagte ich. »Wenn nun Lübbers gewonnen hätte oder Wiesegger!«

»Keine Gefahr. Ich hab beschissen. Übrigens – nichts gegen Wiesegger: Der hat sich sehr um dich gekümmert! Er war kaum davon abzuhalten, dich auch noch in der Wanne zu betreuen!« Pelle stellte das Tablett auf den Nachttisch und goss mir eine Tasse Kaffee ein. »Hier sind Milch und Zucker, Butterbrötchen mit Marmelade und eine große Flasche Wasser.«

»Vielen Dank, aber … nein.«

»Ist dir noch schlecht?!«

»Nur Kopfweh.«

»Na also. Dann iss brav das Brötchen, und sobald du genug im Magen hast, kriegst du ein Aspirin!« Pelle goss mir ein Glas Wasser ein und ließ eine Brausetablette hineinplumpsen.

Das überzeugte mich. Ich trank einen Schluck Kaffee und begann langsam zu essen. »Wie viel Uhr ist es?«

»Elf«, sagte Pelle. »Und?«

»Wie – und?«

»Ja, was glaubst du, was ich hören will?! Die Schweinestallgeschichte natürlich!«

»Woher weißt du, dass ich im Schweinestall war?«

»Die Dreckspur war nicht zu übersehen. Ich habe heute früh deinen Weg leicht zurückverfolgen können. Du hast die Stalltür aufgebrochen, stimmt's?«

»Ja.«

»War ebenfalls nicht zu übersehen. Aber warum hast du das gemacht?«

»Warum?! Ich wollte da raus, Mann!«

»Raus? Aber wie bist du denn dann reingekommen? Und vor allem: wieso?!«

Ich ließ mich ins Kissen sinken. »Du wirst mich für verrückt halten, Pelle – aber irgendwer hat mich durchs Dach geschmissen!« Das Ganze kam mir selbst unglaubwürdig vor. Ich drehte mich zur Wand: »Fühl mal meinen Hinterkopf.«

»Was?«

»Du sollst meinen Hinterkopf abtasten. Was fühlst du?«

Pelle griff in die Wolle. »Ach du lieber Himmel! Was ist das denn? Das ist ja monströs!«

»Jemand hat mir auf den Schädel gehauen.«

Pelle sah mich groß an, beschnupperte mit gerümpfter Nase seine Hand und dachte über das Gehörte nach. Er war immer noch skeptisch. »Hast du denn irgendwen gesehen?«

»Nein. Ich wollte gerade das Studio abschließen, stand mit dem Gesicht zur Tür, da hat es gekracht. Das ist alles, was ich weiß. Danach muss mich jemand zum Stall geschleift und durchs Dach geschmissen haben.«

»In dem Dach ist aber gar kein Loch.«

»Doch, da ist eins. Schon ewig. Da hat nur gestern Nacht jemand Bretter draufgelegt. Wohl, damit mich da drin so schnell keiner findet.«

»Aber warum sollte jemand so was tun? Du hättest doch umkommen können. Ich meine – du wärst um ein Haar erfroren!«

»Ich nehme an, das sollte ich.«

Pelle machte große Augen. »Leggens am Aasch!«, sagte er in unzweideutigem Kölsch. »Aber, Paul – warum denn nur? Wer hätte denn da was von?«

Mir kam ein Gedanke. »Was ist mit dem Studio? Ist im Studio alles in Ordnung? Nichts geklaut?«

»Soweit ich weiß, alles ok. Der Doktor hat nachgesehen.«

»Der Doktor? Das muss nichts heißen. Was sagt denn Karl?«

Pelle hob die Schultern. »Nix. Weiß der Himmel, was mit dem los ist! Der muss sich gestern vollgesoffen haben. Ist gegen Abend ins Wirtshaus und war in Rekordzeit hinüber. Die Wirtin hat ihn nach Hause geschickt, und seitdem ward er nicht mehr gesehen.«

Seltsam. Besäufnisse kamen bei Karl zwar vor, aber nie ohne Anlass. Den erfolgreichen Abschluss großer Produktionen konnte er maßlos feiern, und als er von Britta verlassen worden war, hatte die alkoholische Selbstverwüstung zwei Wochen lang gedauert. Aber eine Sauftour einfach so, ohne Grund – das hatte es eigentlich noch nie gegeben. Ich ließ mich ratlos wieder zurücksinken. »Was ist denn bloß los hier? Warum zur Hölle schmeißt mich einer in den Schweinestall?«

Pelle stand auf. »Keine Ahnung. Wir sollten auf jeden Fall die Bullen holen. Trink dein Aspirin.« Das Clownsgesicht war ernst. »Und dann schlaf noch ein bisschen.«

6. Kapitel

Petzilein, Petzilein, Petzilein!« Didiers vorwurfsvolle Blechstimme holte mich aus dem Halbschlaf. Der Doktor trug ein weißes T-Shirt und darüber ein offenes, weißes Hemd wie einen Arztkittel, dazu Halbgläser mit Goldrand. Fehlte nur noch ein Stethoskop. »Pelle Schmitz hat berichtet, was du erzählt hast. Was macht dein Kopf?« Ohne die Antwort abzuwarten, ging er zum Geschäftlichen über. »Wir müssen reden.«

Er hob einen Zeigefinger und drohte mir damit wie einem kleinen Jungen. »Paulchen, Paulchen, du hast was ganz Schlimmes gemacht! Du hast unsere Abmachung gebrochen.«

Das hatte mir noch gefehlt. Ich kannte diese Art von Didier'schen Vorhaltungen. »Blödsinn. Ich hab keinen Ton gesagt.«

»Die Nina weiß aber Bescheid.«

»Dann frag sie mal selber, wie sie drauf gekommen ist!« Das klang bockig, und ich ärgerte mich darüber. Ich hätte lieber distanziert und überlegen geklungen.

»Wir wollen uns nicht streiten«, verschaffte sich Didier die diplomatische Luftüberlegenheit, »das bringt nichts, damit schaden wir uns nur! Sieh mal, du weißt genau, dass ich dir nichts wegnehmen will, das hab ich noch nie gemacht.«

Gleich zwei Lügen in einem Satz, dachte ich.

Didier betrachtete seine Finger. Allen sonstigen Bemühungen um sein Äußeres zum Trotz hatte er die Angewohnheit, die Nägel abzukauen. Außerdem nagte er am Daumenrücken. Dort hatte sich um das erste Gelenk herum eine schorfige Schwiele gebildet. Ich sah weg.

Er verschränkte die Arme und schüttelte den Kopf. »Wir waren uns doch über die Strategie einig, Paul! Und *ich* hab mich dran gehalten! Ich bin losgegangen und hab mir den Mund fusselig geredet, um deinen Titel bei Bridget Summers unterzubringen – und das unter meinem Namen! Ich hab meinen Kopf als Autor für dich hingehalten, Paul, ich hab dir voll vertraut! Ich hab sämtliche Hebel in Bewegung gesetzt, ich bin sogar nach LA geflogen! Und, bitte sehr, ich hab erreicht, dass unsere Chancen gut stehen. Aber wir haben den Deal noch nicht im Sack, mein Petzilein! Du bist lange genug im Geschäft, um zu wissen: Es braucht nur der Hauch eines Gerüchts aufzukommen, dass die Urheberschaft bei dem Titel unklar ist, und wir sind draußen! Außerdem, denk doch mal an mich! Soll ich als Lügner dastehen? Als Dieb? Willst du das? Ist das vielleicht fair? Überleg doch mal: Was verdien' ich denn schon an der Sache? Schön, der Titel wird in meiner Edition verlegt, aber die kriegt keinen Cent mehr als die branchenüblichen vierzig Prozent!«

Ich nickte gallig. Die Zahl stimmte. Musikverlage verlangten ganz selbstverständlich diesen Anteil an den Urhebereinnahmen, meist ohne auch nur das Geringste dafür zu leisten. Der Doktor hatte immerhin den Deal an Land gezogen.

»So, Paul, und jetzt rechne mal ganz realistisch: Die sechzig Prozent für Komposition und Text gebe ich komplett an dich weiter, meine Edition behält vierzig Prozent. Weil die aber bei Warner angeschlossen ist, kriegt Warner die Hälfte von den vierzig Prozent, das heißt: Von dem, was bei uns ankommt, kriegst du satte drei Viertel und ich nur eins!«

»Das weiß ich ja, Günther, das haben wir alles längst durchgekaut. Ich hab dir doch gesagt: Setz einen Vertrag auf, dann unterschreib ich ihn!«

»Und ich hab dir gesagt: Ein Vertrag macht erst dann Sinn, wenn der Deal unter Dach und Fach ist – und daraus wird nie was, wenn du ihn weiter gefährdest! Dass du bei der Nina Eindruck machen willst, kann ich ja verstehen, aber deshalb hättest du sie doch nicht einweihen dürfen! Die fliegt am Samstag schon wieder nach New York und anschließend nach LA, die trifft da jede Menge Leute aus dem Musikgeschäft! Wir können nur hoffen, dass sie nicht redet.«

»Ich hab ihr ja gar nichts gesagt.«

»Lassen wir das mal lieber. Ich bitte dich nur: Denk an unsere Abmachung und setz unseren Erfolg nicht aufs Spiel.«

»Ist ja gut.« Ich fühlte mich ausgelaugt und ohnmächtig. Ich lehnte mich zurück, drehte den Kopf auf dem Kissen so, dass es die Beule nicht berührte, und legte den Unterarm über die Augen. »Wo ist eigentlich Karl?«

»Kranz? Der Idiot hat sich gestern Abend wieder mal besoffen. Hängt wahrscheinlich über der Kloschüssel und kotzt.« Er erhob sich. Damit war die Visite beendet.

Kaum war der Doktor gegangen, fielen mir die Augen wieder zu. Irgendwann war mir, als sei Nina im Zimmer und beuge sich über mich. Als ich dann wach wurde, sah ich aber nur in das Gesicht von Berthold Wiesegger.

Fönfrisur, Trachtenjanker und Binder des Volksbarden saßen auch heute makellos, trotzdem wirkte er aufgelöst. »Ich habe Sie hoffentlich nicht geweckt, Herr Nickel?« Der Bassbariton war rücksichtsvoll gedämpft. Lauwarme Teewurst im Schlafrock.

Ich gähnte. Die Kopfschmerzen hatten nachgelassen. Ich griff nach der Wasserflasche und trank durstig.

Wiesegger war verlegen. Hätte er einen Hut dabeigehabt, hätte er ihn wahrscheinlich in den Händen gedreht. »Ich wollte Sie nicht stören, ich wollte Ihnen nur sagen, was Ihnen da passiert ist, finde ich ungeheuerlich! Und … und … völlig unerklärlich! Furchtbar! Wissen Sie, mir ist ja gestern Nacht erst klar geworden, wer … was Sie machen, verstehen Sie? Ich muss mich entschuldigen – ich habe gedacht, Sie sind Leichenbestatter! Herr Schmitz hat mich darüber aufgeklärt, dass Sie Komponist und Texter sind, Künstler wie wir alle! Das gibt einem natürlich zu denken – ich meine, da könnte so was womöglich jeden von uns treffen!«

Das war es also. Er fürchtete sich. »Sie haben völlig Recht«, sagte ich leichthin. »Es ist ungehörig und unhöflich, Leute nachts durchs Dach in den Schweinestall zu schmeißen.« Ich wurde ernst. »Ich habe keinen Schimmer, wer es war, Herr Wiesegger, und aus welchem Grund er das getan hat. Ich habe keine Feinde, ich hab mit niemandem Streit, bei mir ist nichts zu holen – und trotzdem hat mich gestern jemand umbringen wollen, so abwegig das klingt.«

Wiesegger legte die Hände in den Schoß und ließ die Schultern hängen. »Der Herr Schmitz und die Frau Simon meinten, man sollte die Polizei holen, aber Herr Didier und Herr Schreiner waren nicht so dafür.«

Das wunderte mich nicht. Das Letzte, was der Doktor schätzte, waren amtliche Nachforschungen in nächster Nähe seiner sensiblen Geschäfte.

Wiesegger zog ein blütenweißes Taschentuch hervor und wischte sich die Stirn. Er hoffte immer noch auf Beruhigung und Trost.

Ich tat ihm den Gefallen. »Wissen Sie was, Berthold, machen Sie sich nicht verrückt. Warum setzen Sie sich nicht einfach in Ihren Wagen und fahren nach Hause? Ich werd das auch machen!«

»Ich kann doch nicht!« Das war fast ein Aufheulen. »Herr Didier will unbedingt meine Beteiligung an diesem Sender, und solange das nicht geregelt ist ...« Wieder flatterte das Taschentuch.

Die Tür öffnete sich, und mit einem Windstoß erschien meine vollständige Kleidung vom gestrigen Abend, sauber gewaschen, getrocknet und gefaltet als ordentlicher Stapel auf Anneliese Gökes linkem Arm. Mit dem rechten umklammerte sie meine lädierte Reisetasche, damit nichts herausfiel, mit dem Hinterteil schloss sie die Tür.

Als sie Berthold Wiesegger sah, setzte sie ein Lächeln auf. »Herr Wiesegger! Ich hab Sie gleich erkannt! Hach, so was, der Herr Wiesegger!«

Der Volksmusikant erhob sich weltmännisch und wendete seine Haltung nahtlos ins gönnerhaft Joviale. Er genoss es, erkannt und angesprochen zu werden, und das merkte man. Ich sah gespannt auf Anneliese. Sie grinste Wiesegger listig an: »Sie wissen ja hoffentlich, wer ich bin?!«

»Ich ... äh – Verzeihung?« Der Künstler war verwirrt.

Sie kniff mir ein Auge zu. »Ja ja, die Stars – andauernd gucken sie ein' im Wohnzimmer rein und singen und quaken, und wenn du selber mal bei ein' vorbeikommst, denn kennt er dir auf einmal nicht mehr.« Immer noch strahlend dirigierte sie den verdutzten Sangeskünster zur Tür, und ehe er sich's versah, war er draußen.

Jetzt musste ich ausführlich berichten. Annelieses Entrüstung über den Anschlag war ungeheuer. »Nee so was! Wie kann ein Mensch ein' annern Mensch nur so was antun!«

Eine Erklärung hatte sie auch nicht. Eines war jedoch gewiss: Sollte die Angelegenheit ihre Ursache im Dorf haben, würde Anneliese früher oder später dahinterkommen.

Karl, soviel konnte sie bestätigen, war gestern tatsächlich im Wirtshaus gewesen: »Du, der war ganz komisch – der hat kein Wort gesagt und einfach bloß einen nach'n annern gekippt! Ich sach, Karl, sach ich, Mensch, du bist aber früh dabei heute! Und denn hat der ein Gesicht gemacht – ich hab mich richtig verjagt, wie der aussah! Und das hat gar nicht lange gedauert, da musst' ich den nach Hause schicken, ich sach: Nu is aber gut, Karl, nu geh man lieber zu Bett, sonst müssen wir dir noch tragen! Und er is denn auch los. Der hatte schwer getankt, du, der liegt bestimmt noch in Sauer!«

Vom Flur her waren Schritte zu hören, wieder bewegte sich die Tür. Unter Anneliese und meinen Blicken schob sich ein runder Kopf ins Zimmer. Lübbers. Als er sah, dass ich nicht allein war, wollte er sich rasch wieder zurückziehen, doch Anneliese war schon aufgestanden: »Komm man nur rein, Walter. Hier darf jeder mal.« Sie tätschelte meine Hand, wies mit der Schulter auf Lübbers und sagte: »Wenn Walter dir auf'n Geist geht, denn schmeiß ihn raus, Paul!«

Lübbers wartete, bis sie gegangen war, dann setzte er sich. Sein Gesicht war angespannt. Er sah mir gerade und ohne Wimpernflattern in die Augen. »Herr Nickel, ich will Sie gar nicht lange stören. Ich hab ja gehört, was passiert ist – also was Herr Schmitz erzählt hat, und ich … ich wollte einfach nur sagen, das … das tut mir Leid, das tut mir in der Seele weh! Ich bin doch aufgewachsen auf dem Hof hier, das war doch immer ein ordentliches Haus, so was hat es hier nie gegeben!« Er streckte bittend eine Hand nach mir aus: »Seien Sie mir nicht böse, aber – hat Sie wirklich jemand umbringen wollen?« Seine Bestürzung war echt.

Ich hob die Hände: »Alles, was ich weiß, ist, dass ich bewusstlos war und in dem Stall wieder zu mir gekommen bin. Wenn der, der mich niedergeschlagen hat, wollte, dass ich gesund und unversehrt am Leben bleibe, dann hatte er einen sehr merkwürdigen Plan, das zu erreichen.«

Walter nickte finster. »Sie wollen das auf die leichte Schulter nehmen, nicht?«

Ich zuckte die Achseln. Ich hatte keine Ahnung, was ich wollte. Ich war müde. Lübbers stand auf und trat zum Fenster. Er fuhr mit dem Finger übers Fensterbrett. »Als ich ein Junge war, lag hier meine Steinsammlung. Ich hab in dem Zimmer hier geschlafen, wissen Sie. Mein Bett stand ungefähr da, wo Ihres jetzt steht. Jetzt ist natürlich alles umgebaut.« Er rieb sich das Gesicht mit der Hand. »Werden Sie man bloß gesund!«

Ich nickte und schloss die Augen.

7. Kapitel

Irgendwann am Nachmittag setzte eine Veränderung meines Seelenzustandes ein. Die dumpfe Müdigkeit wich langsam einer Unruhe. Je klarer mein Kopf wurde, je mehr sich mein Abstand zu dem Geschehenen vergrößerte, desto weniger konnte ich es fassen. Ich geriet in ein Gewirr widerstreitender Empfindungen. Das Gefühl, gedemütigt worden zu sein, versagt zu haben, Scham und Wut darüber, dass mir jemand derart zu nahe gekommen war, mich so ungerecht behandelt hatte, der Wunsch nach Rache – und gleichzeitig eine beklemmende Unsicherheit, nein, schlimmer: pure Angst.

Ich setzte vorsichtig die Beine aus dem Bett. Meine Knie waren weich. Ich fühlte mich wacklig. Ich duschte lange und ausgiebig, dann zog ich die frischen Sachen an. Anneliese hatte meine Jeans mit messerscharfen Bügelfalten versehen. Auch die Schuhe hatte sie gesäubert, aber die standen noch nass und voller Zeitungspapier auf der Heizung. Meine Winterjacke war hinüber. (»Die war ganz voll Schiet, Paul! Der Doktor hat gesagt, ich soll die man bloß wegschmeißen!«) Meine Brieftasche war noch in der Jacke gewesen, mein Handy hatte sich im Studio gefunden. Anneliese hatte beides auf den Tisch gelegt, nur mein Schlüsselbund fehlte: Wohnungsschlüssel, Autoschlüssel und der Studioschlüssel, den ich gestern dazugeclipst hatte.

Der Flur war leer, aber aus dem Büro weiter hinten waren Stimmen zu hören. Dort saßen Didier und Pelle über irgendwelche Papiere gebeugt. Berthold Wiesegger stand am Fenster und sah missmutig hinunter auf die kleine Parkfläche zwischen den Eichen. Falls er doch noch vorgehabt hatte, sich mit seinem Passat zu verdrücken, war es nun zu spät, denn es hatte ziemlich heftig zu schneien begonnen.

»Paulchen! Petzilein! Unser Petzilein ist wieder unter den Lebenden!«

Mir wurde der Kragen eng. »Ich brauch frische Luft. Muss mal raus.«

»Willst du wirklich bei dem Wetter da draußen rumlaufen? Wohin denn bloß?«

»Ins Dorf vielleicht.«

»Aber nicht auf Socken. Ich hol dir ein paar Schuhe. Außerdem brauchst du einen Mantel oder so was. Die Frau Göke hat nämlich darauf bestanden, deine Dreckjacke zu entsorgen.« Er ging, um etwas Passendes zu suchen.

Pelle sah ihm übellaunig nach. »Wär ich bloß den Blutegel los! Der Schwadlappen hat mich in den letzten Jahren dermaßen eingeseift und geknebelt – ich weiß nicht, wie ich aus der Nummer jemals wieder rauskommen soll! ›Unterschreib mal kurz dies‹, ›bestätige mal eben das‹, ›fax mir dies und das mal eben unterschrieben zurück‹ – der Mann hat Fangarme wie ein Krake! Jetzt auch noch dieses bescheuerte *Radio4Fun* – am liebsten würd ich sofort abhauen!« Das Clownsgesicht schnitt eine wütende Grimasse.

Berthold Wiesegger wandte sich zu uns um, atmete tief ein, stieß die Luft ruckartig wieder aus und nickte verkniffen.

Didier kam mit dicken Moonboots, einer knallroten, wattierten Jacke und ebensolchen Fausthandschuhen zurück. »Aber wälz dich damit nicht gleich wieder in der Schweinescheiße!«

Alle sahen ihn an. »War doch nur'n Witz«, sagte der Doktor. »Sei leise im Flur, Paul, die Nina hat sich hingelegt. Du hast uns ganz schön auf Trab gehalten letzte Nacht.«

Ich nickte, zog die Stiefel an, schlüpfte in die Jacke und ging.

Auf der Treppe begegnete mir Schreiner, der mich mit unbewegter Miene grüßte, als sei nichts geschehen.

Die Luft draußen war großartig. Die Landschaft schimmerte in hellen, sanften Grautönen, aus den schweren Wolken fiel massenhaft Schnee in feinen Flocken und blieb als dicke Pulverschicht liegen. Das Studio war dunkel, niemand da. Ich ging zur Rückseite des Gebäudes. Dort war ein Extrazugang zu den Aufnahmeräumen, der auf einer eigenen Auffahrt zu erreichen war. Karl nannte ihn den Lakaieneingang. Hier luden die Musiker ihr Equipment ab und rollten es durch das große Stahltor hinein. Das Bauwerk war ursprünglich eine Scheune gewesen, und die Außenansicht hatte sich durch den Umbau nicht sehr verändert. Nur die Studiofenster fielen ins Auge. Karls kleine Wohnung unterm Dach war als solche nicht zu erkennen. Eine Eisentreppe neben dem Stahltor führte hinauf.

Auch oben war alles still. Die Tür war nicht abgeschlossen. Ich öffnete sie und rief Karls Namen. Kein Geräusch weit und breit. Trotzdem hatte ich das Gefühl, nicht allein zu sein.

Drinnen war das Licht gedämpft, weil die schrägen Veluxfenster schon mit einer Schneeschicht bedeckt waren. Karls Mantel hing nicht am Haken. Auf dem Ablauf der Küchenzeile stand ordentlich gespültes Geschirr. Das Bett im Schlafzimmer war gemacht. Die Sitzecke war aufgeräumt; keine leeren Flaschen, kaum Kippen im Aschenbecher. Viel Privates befand sich in der Wohnung nicht. Ein paar Fotos waren mit Heftzwecken über dem Esstisch befestigt. Sie zeigten Karl mit Musikern, die er schätzte. Auf zwei Bildern war auch ich. An Möbeln oder dergleichen hatte Karl kein Interesse. Seine Leidenschaft war das Studio. Er verbrachte dort Tage und Nächte, warf manchmal noch gegen Morgen die mächtige Hammond B3 an und ließ die Fensterscheiben zittern. Das Studio war sein Baby. Er liebte das SSL-Pult ebenso wie den Steinwayflügel, die Sammlung teurer, handverlesener Mikrofone und die präzise nach seinen Anweisungen gefertigten Stellwände, die er benutzte, um mit ihren unterschiedlichen Oberflächen den Raumklang zu beeinflussen. Nach oben ging er nur zum Essen, Schlafen und Fernsehen. Oben hatte er nicht einmal eine Stereoanlage, obwohl sich dort die Billyregale unter seinen Platten und CDs bogen. An vielen Produktionen hatte er selbst mitgearbeitet, viele selbst abgemischt, doch wenn er etwas davon hören wollte, ging er damit ins Studio. Dort spielte die Musik.

Ich setzte mich auf einen seiner giftgrünen Sessel, holte mein Telefon aus der Tasche und wählte seine Handynummer. Es dauerte einen Moment, dann wurde mir mitgeteilt, der Teilnehmer sei »zur Zeit nicht erreichbar.« Ich hinterließ ihm die Nachricht, er möge beizeiten das Reihern einstellen und mich zurückrufen.

Als ich wieder ins Freie trat, waren meine Spuren bereits zugeschneit. Hinten zwischen den Bäumen leuchtete ein weißes Viereck: das Dach des Schweinestalls. Die Bretter mussten noch darauf liegen, sonst wäre das Loch als schwarzer Fleck sichtbar gewesen.

Mit einem Mal durchzuckte es mich: Auch mein Auto war weg. Genau hier hinter dem Studio hatte ich den Leichenwagen gestern nach der Beerdigung abgestellt. Vielleicht, überlegte ich, hatte Karl meinen Schlüsselbund vor der Studiotür gefunden, wo ich niedergeschlagen worden war. Im dem Fall war er vermutlich zu Göke gefahren. Ich könnte dort hinlaufen und hätte für den Rückweg das Auto.

Um sicherzugehen, dass es nicht beim Haupthaus stand, sah ich erst dort noch einmal nach. Nichts, kein Leichenwagen. Die Küche im Parterre war hell erleuchtet, ich konnte durch die Fenster Iris Didier und die Kinder sehen. Sie saßen am großen Tisch und spielten ein Brettspiel. Ich blieb stehen. Iris wirkte sehr mütterlich, nicht kühl und spitz wie in Didiers Gegenwart.

»Eine rührende kleine Familie, nicht wahr?«, sagte Nina direkt neben mir. Sie legte erschrocken eine Hand auf meinen Arm, als sie merkte, wie heftig ich zusammenfuhr. »Entschuldige, ich dachte, du hättest mich kommen hören. Wo willst du hin?«

»Ins Dorf. Du hast nicht zufällig irgendwo meinen Wagen gesehen?«

»Nein. Der wär mir aufgefallen.« Sie hakte sich bei mir unter. »Wie geht es dir? Ich war heute Mittag in deinem Zimmer, aber du hast fest geschlafen.«

»Du warst also wirklich da. Ich hatte so eine schwache Ahnung, aber als ich die Augen endlich aufgekriegt hab, saß da Berthold Wiesegger.«

Arm in Arm gingen wir durch den Schnee. Ich war dankbar, nicht allein laufen zu müssen, so weiche Knie hatte ich immer noch. Bei den Kutschlaternen blieb ich stehen, zog einen Handschuh aus und pfiff auf den Fingern. Wir brauchten nicht lange zu warten. Es dauerte keine dreißig Sekunden, und Bruno kam herangedonnert. Ein Wunder, dass er uns nicht von selbst bemerkt hatte. Er hatte wohl geschlafen.

Die Begrüßung fiel noch stürmischer aus als sonst. Das kalte Wetter versetzte ihn in übermütige Stimmung. Er sprang an uns hoch, wälzte sich mit albern heraushängender Zunge auf dem Rücken, er tanzte in wilden Kreisen um uns herum, rannte auf und ab und steckte immer wieder in vollem Lauf die Nase in den Schnee. Nina kniete sich hin und nahm ihn in den Arm, was Bruno eine Sekunde lang genoss, um sofort wieder davonzujagen.

»Ich liebe Hunde«, sagte sie.

»Ich auch. Hunde zeigen ihre Gefühle. Sie taktieren nicht, sie intrigieren nicht, sie bescheißen dich nicht. Kennst du den alten Witz von dem Terrier, der pokern konnte? Über den sagte sein Herr: ›Ach, es ist halb so wild mit seinen Kartenkünsten – jedes Mal, wenn er ein gutes Blatt hat, wedelt er mit dem Schwanz.‹ Das trifft es genau. Hunde schwindeln nicht. Vielleicht versuchen sie es manchmal, aber dann verraten sie sich garantiert. Ich liebe Hunde. Und Bruno besonders.«

»Er ist wirklich süß.«

»Ja und nein. Du musst bedenken: Bruno ist ein ausgewachsener Hundemann. Er hat einen mörderischen Fleischwolf im Maul, mit dem er blitzschnell zubeißen kann. Er ist ein großer Kämpfer. Und ein großer Liebhaber ist er auch: Jedes Jahr gibt es neue braune Welpen im Dorf.«

»Aber sieh doch, wie er sich benimmt!«

»Das ist der andere Punkt. Wir können die Gefühle von Hunden deuten, weil sie eine ähnliche Körpersprache haben wie wir, aber ihre ist viel … ausgreifender.« Ich rief fragend: »Bruno?«

Der Rüde blieb ruckartig stehen, reckte den Hals und legte den Kopf schief, wobei er die puscheligen Schlappohren aufzustellen versuchte.

»Lass dich nicht verarschen, Bruno!«, lachte Nina, und der Hund raste wieder los.

»Hast du das gesehen?«, sagte ich. »So treuherzige, überdeutliche, drollige Reaktionen gibt es nur bei zwei Sorten von Menschen: bei Kleinkindern und Clowns. Deshalb finden wir Hunde süß.«

Nina dachte nach. Sie sah mich von der Seite an. »Hast du Kinder?«

»Nein. Bei meinem Beruf … nein. Du auch nicht, oder?«

»Nein. Ich lass mich gerade scheiden.«

Ich dachte an Iris und die Kinder am Küchentisch und wusste, dass auch Nina daran dachte. Ich griff mir ihren Arm und hakte ihn wieder unter. »Na komm, gehen wir!«

Das Schneetreiben wurde immer dichter. Nina zog ihre Kapuze über. Ich knöpfte die wattierte Jacke bis zum Hals zu und tat das Gleiche.

»Als du gestern ins Kaminzimmer gekommen und umgefallen bist, wollte Bruno partout nicht, dass dich einer anfasst. Er hat seinen Fleischwolf gefletscht und alle angeknurrt – aber wie! Berthold Wiesegger hat ihn abgelenkt und rausgebracht. Ich hätte nicht gedacht, dass der mit Hunden umgehen kann.«

»Wenn der Lebenslauf in seiner Pressemappe stimmt, stammt er von einem Bauernhof und war ein original Meisenwanger Waldbauernbub, bis es ihn aufs Konservatorium zog. Besonders robust scheint er trotzdem nicht zu sein. Die Sache gestern hat ihm einen Mordsschrecken eingejagt. Er fürchtet, ihm könnte das Gleiche passieren.«

»Na und? Ist das ein Wunder! Hast du keine Angst?«

»Doch, hab ich. Das Ganze ist nur so unwirklich. Mir geht's ein bisschen wie … wie nach einem Vollrausch. Ich erinnere mich an manches genau, an manches nur undeutlich und an anderes überhaupt nicht. Ich weiß nicht, wie ich ins Bett gekommen bin, ich hab einen Brummschädel, ich hab weiche Knie, ich fühl mich erniedrigt und mies, wie ein Waschlappen – und irgendwie hab ich sogar … ein Schuldgefühl.«

»Schuldgefühl? Bist du verrückt?!«

»Alles ist völlig verrückt! Wer sollte mir was tun wollen? Im Dorf hat keiner einen Grund, mich umzubringen, die kennen mich doch kaum! Und von den Gästen auf dem

Eichenhof kann es auch keiner gewesen sein, weil ihr die ganze Zeit alle zusammen wart!«

Sie schüttelte den Kopf. »Waren wir nicht. Als du zu uns ins Kaminzimmer gestolpert bist, hatten wir uns gerade erst getroffen. Und das auch nur, weil Günther uns einzeln eingesammelt hat. Er ist von einem zum anderen gelaufen, um uns zur Geselligkeit am Feuer zu überreden. Oder besser gesagt, um uns da mit seinem Radiosender zu löchern. Der Kölner Komiker ...«

»... Pelle Schmitz.«

»Ja, Pelle. Der war vorher eine Zeit lang in seinem Zimmer und hat mit seinem Anwalt telefoniert. Das war bis auf den Flur zu hören. Und der Waldbauernbub wollte irgendwo fernsehen, wollte das *Musikantenschoberl* nicht versäumen. Was die anderen gemacht haben, weiß ich nicht. Ich selbst hab geduscht und gepackt. Wär die Sache mit dir nicht passiert, wär ich heute früh schon weggewesen. Was du nämlich über Günther gesagt hast, weißt du, das – das ...«

»Ach, Quatsch! Ich wünschte, ich hätte die Klappe gehalten! Ich hätte mich raushalten sollen! Es geht mich überhaupt nichts an, was du und Günther ...«

Sie legte mir eine Hand auf den Mund. »Nein nein, erstens hab ich dich ja gefragt, und zweitens hast du nichts gesagt, was ich im Grunde nicht schon geahnt hab. Ich hätte es sogar schon vorher wissen müssen, nach allem, was ich über ihn gehört hatte. Aber letzte Woche haben wir im selben Flieger aus Los Angeles gesessen, und da war er richtig süß, er hat ...«

»... er hat zwölf Stunden lang den Kopf schief gelegt und gehechelt, was?«

»Nein!« Sie lachte ein wenig beschämt. »Oder doch, eigentlich schon. Aber was mich tatsächlich umgehauen hat, war das Lied. Er hatte einen Discman dabei. ›Das hier ist das deutsche Original der nächsten Bridget-Summers-Single‹, hat er gesagt. Ich hab es mindestens zwanzig Mal gehört. Ich hab gleich gefragt, wer es geschrieben hat, und Günther …«

»… hat verlegen eingestanden, dass er es selbst war, ganz gefühlsmäßig aus dem Bauch raus, richtig? Und dann hat er dir das Gesicht abgeleckt und erfolgreich mit dem Schwanz gewedelt.«

Sie ließ meinen Arm los. »Das war nicht nett.«

»Tut mir Leid.« Ich war wütend. Wir gingen ein Stück schweigend nebeneinander her. »Hör zu, tut mir wirklich Leid!«

»Ach, Mist!« Sie schniefte. »Weißt du, ich habe genug Pech mit meinen Beziehungen. Alles, was schief gehen kann, geht schief – möglichst noch in der Öffentlichkeit! Schlagzeilen, Kameras, Anwälte – oh Mann, davon habe ich echt genug. Aber dann ist da auf einmal einer, der berührt mein Herz so … dermaßen, und ich komme mit fliegenden Fahnen angerauscht, um sein Lied zu singen und ihm in die Arme zu fallen – und dann sitzt er da im trauten Heim mit Frau und Kindern!« Sie schluchzte wütend. »Und alles, was er von mir will, ist eine Scheißbeteiligung an irgendeinem Scheißradiosender! Und das Lied«, funkelte sie mich an, »das Lied ist von dir, und du gibst es nicht mal zu!«

Ich hob die Arme. »Das kann ich doch nicht.«

»Was? Was soll das heißen – das kannst du nicht?«

»Ich kann nicht! Weil …« Ich verfluchte meine Nachgiebigkeit. »Also, es ist so. Immer wenn ich einen neuen Song habe, muss ich ihn zuerst Günther anbieten.«

»Wieso das denn?«

»Weil ich das mal unterschrieben hab. Günther hat Kontakte ohne Ende. Er kann einem jede Tür öffnen. Aber dafür musst du jedes Mal eine kleine Verpflichtung eingehen, ihm einen Gefallen tun, ihm ein paar Rechte abtreten, und mit jedem Türchen, das er dir aufmacht, zieht er dich enger an sich. Er spinnt dich ein, verstehst du, holt dich immer tiefer ins Netz. Er ist ein Meister der unzähligen, kleinen Übergriffe. Als ich ihm diesen Song gezeigt hab, war er sofort begeistert und hat gesagt, dass der für den deutschen Markt allein zu schade sei. Dann kam er auf Bridget Summers, weil er mit ihrer Firma noch ein anderes Geschäft angeschoben hat. Und dann meinte er, von einem Nobody würden die kein Stück Brot nehmen, also müsste man den Song unter einem bekannten Namen anbieten – am besten unter seinem.«

»Das ist Schwachsinn, Paul! Denen ist total egal, wer einen Titel geschrieben hat! Die interessiert nur, ob er gut ist!«

»Das weiß ich, Nina. Aber wenn ich nein gesagt hätte, hätte Günther keinen Finger dafür gerührt.«

Sie schüttelte den Kopf und hängte sich wieder bei mir ein. Die Dämmerung war da. Der Schnee leuchtete weiß und ging uns nun schon bis weit über die Knöchel. Beim Laufen stießen wir mit den Füßen Pulverfontänen vor uns her. Bruno warf sich alle paar Meter hin und knabberte an seinen Pfoten. Im Fell zwischen seinen Zehen bildeten sich fortwährend Eisklumpen.

Nina dachte nach. »Sag mal – wenn das Lied unter Günthers Namen erscheint – kriegt er dann nicht auch das ganze Geld?«

»Zunächst mal schon. Aber er behält nur die Verlagsprozente. Den Löwenanteil gibt er an mich weiter.«

»Was hat er denn dann von dem Theater?«

»Dich zum Beispiel.«

Sie wurde rot. Ich sprach schnell weiter. »Ich weiß nicht, ob das Kalkül ist bei ihm oder purer Instinkt. Jedenfalls hat es

Methode. Er tritt als Produzent auf, als Komponist, Librettist, Schriftsteller, egal was. Du weißt nie, was er wirklich selbst geschrieben oder erfunden oder produziert hat, aber sein Name steht auf unzähligen Veröffentlichungen – und weil der Name so groß ist, zieht er immer wieder Zuträger an, die ihn noch größer machen.«

»Zuträger wie dich.«

»Ja. Was soll ich dazu sagen? Ich bin ein Arschloch.«

Sie drückte meinen Arm. »Oh nein, das bist du nicht.«

»Ich bin auf Günther angewiesen, Nina. Ich warte seit Jahren auf eine Chance wie diese Bridget-Summers-Single. Ich will nicht mein Leben lang deutsche Schnulzen schreiben, ich brauch das Geld.«

Sie nickte. »Völlig klar. Und du bist sicher, dass du deinen Anteil kriegst? Ich meine – ihr beide habt einen Vertrag, in dem das drinsteht, oder?«

»Noch nicht. Aber wenn der Deal perfekt ist, dann …«

Sie blieb abrupt stehen und sah mich an, als sei ich nicht ganz bei Trost. »Weißt du noch, was du mir im Studio über Günther gesagt hast? ›Wenn's um Geld geht, kennt er keine Hemmungen.‹«

Ich konnte in ihren Augen genau den Gedanken lesen, den ich selbst seit heute Morgen immer wieder als abwegig beiseite geschoben hatte. Sie sprach es laut aus: »Bei dieser Sache geht es um wahnsinnig viel Geld, Paul. Wenn du gestern Nacht erfroren wärst, würde Günther ein reicher Mann.«

»Er ist doch längst ein reicher Mann.« Bruno kam nachschauen, wo wir blieben. Ich gab ihm einen freundschaftlichen Klaps. »Außerdem kann ich mir nicht vorstellen, dass er so weit gehen würde. Irgendwie passt das nicht zu ihm. Im Grunde kann es jeder im Haus gewesen sein. Außer dir.«

»Warum ich nicht?«

»Ich bin von der Studiotür bis zum Stall geschleppt und über die Dachkante gekippt worden. Du könntest mich nicht mal hochheben.«

»Klar kann ich das!« Sie umfasste mich mit den Armen. Unsere kalten Nasen berührten sich. Sie schaffte es, mich mit aller Kraft ein kleines Stück hochzuheben, dann musste sie lachen und gab auf, ohne jedoch von mir abzurücken.

Sie roch gut. Ich hörte das Motorgeräusch des Treckers näher kommen, ohne es bewusst wahrzunehmen.

Dann begann das Schneegestöber um uns herum hell zu leuchten, und als ich den Kopf herumriss, sah ich direkt in die eng stehenden, grellen Scheinwerfer. Meine Jacke flammte rot auf. Die Todesfurcht, welche die ganze Zeit dicht unter der Oberfläche meines Bewusstseins gewesen war, lähmte mich und ließ mir das Blut gefrieren. Ich hörte das Brüllen der Maschine, der Boden bebte, ich roch den Dieselgestank und stand stocksteif da, rührte mich nicht von der Stelle, schrie nicht, atmete nicht mal. Die Bestie schien kurz innezuhalten, dann änderte sie die Richtung und donnerte in einer weißwirbelnden Wolke an uns vorüber. In der anschließenden Stille wurde mir bewusst, dass ich Nina unwillkürlich fest umklammert hatte.

Ich wollte sie loslassen, da küsste sie mich.

8. Kapitel

Mein Leichenwagen stand nicht vor *Göke's Gasthof*, und Karl war auch nicht aufzufinden. Was uns beim Betreten der Gaststube entgegenprunkte, war der Norwegerpullover von Walter Lübbers. Dem Mann war nicht zu entrinnen. Er winkte uns mit den Armen wie eine Windmühle.

Anneliese zog uns die rot gewürfelte Tischdecke glatt, dann brachte sie mir ungefragt ein dampfendes Glas Grog. »Du bist noch ganz schön blass, Paul! Ist das denn gut, dass du schon wieder da draußen rumläufst?«

»Anscheinend nicht«, sagte ich. »Ich bin dauernd irgendwelchen Treckern im Weg. Einer hätte uns eben fast überfahren.« Anneliese verschwand kopfschüttelnd wieder in der Küche.

»Was für'n Trecker war das denn?«, fragte Walter Lübbers. »Ein Deutz? Ein John Deere? Ferguson? Cormick? Fendt?«

»Ich versteh nichts von Traktoren«, sagte ich. »Außerdem war es dunkel. Er war riesig, das ist alles, was ich weiß.«

»Na komm, trink einen Schluck«, sagte Nina. Der Grog war heiß. Das Glas zitterte etwas in meiner Hand. Nina meinte, der Traktorfahrer habe uns im Schneetreiben nur ein bisschen spät gesehen. Er habe schließlich gebremst und sei ausgewichen. Ich dagegen war fest davon überzeugt, dass ich nur deshalb noch lebte, weil ich nicht allein gewesen war.

»Traktorunfälle«, dozierte Lübbers, »sind auf dem Lande eine Geisel.« Er meinte Geißel. »Die Jungs fangen das Treckerfahren spätestens mit vierzehn, fünfzehn an, da passiert immer wieder mal was. In Wittholt hat letzten Sommer ein Landwirt beim Zurücksetzen sein eigenes Kind überfahren, auf dem eigenen Hof.« Der dicke Zeigefinger hob sich. »Es ist nämlich so, die Sicht ist bei vielen Traktoren …«

Ich stand auf und ging zum Tresen. »War Karl heute noch nicht hier?«

»Der war gestern Abend hier«, sagte Göke. Er griff hinter der Theke nach einer Flasche Aquavit, hielt sie hoch und wies mit dem Daumen auf den kleinen Rest Flüssigkeit. »Gestern. Heute noch nicht.« Damit stellte er den Kümmel wieder weg. Ende der Durchsage.

Kein Karl also. Und keine Chance, Ordnung in meine Gedanken zu bringen. Was sollte das werden? Traktoren verwandelten sich in mörderische Monster, aus dem vertrauten Studio geriet ich unvermittelt in einen Alptraum aus Schweinedreck, mein bester Freund verschwand spurlos.

Nina lächelte mir fragend zu. Ich setzte mich wieder neben sie. Sie lehnte sich an mich und nahm meine Hand. Ihre fühlte sich gut an, trocken und kräftig. Nina fühlte sich überhaupt gut an. Ihre Lippen vorhin, ihr fester, warmer Körper unter dem Mantel – aber das war alles absolut nicht dazu angetan, das Durcheinander in meinem Kopf zu lichten.

Lübbers war jetzt mitten in einem Vortrag über die Geschichte der Technik in der Landwirtschaft der Lüneburger Heide. Dabei würdigte er in jedem zweiten Satz den »Traktor als solches«. Das war typisch für die Gegend; »als solches« wurde hier niemals dekliniert. Man sprach über die Frau als solches, über Kinder als solches und den Hund als solches. Draußen hinter den gerüschten Fenstergardinen trieben immer noch die Schneeflocken. Der dicke Zeigefinger malte Kreise und Rechtecke. Der Grog stieg mir zu Kopf. Na, wenn schon. Ich bestellte noch einen.

So scharf ich nachdenken und in mich dringen mochte – ich war sicher, ich hatte keinem Menschen jemals Grund gegeben, mir Gewalt anzutun. Schön, ich konnte sehr unangenehm mit Worten treffen, aber Tätlichkeiten waren für mich nie in Frage gekommen, Gewaltanwendung empfand ich als Zeichen von Unreife und Schwäche. Sie kam bei Chaoten vor, bei Hooligans, bei sozialen Randgruppen, Unterprivilegierten, die für ihre Situation zu bedauern waren. Das waren hilfsbedürftige Geschöpfe. Oder nicht?

»Mir ist gerade was Seltsames aufgefallen«, sagte ich.

Lübbers unterbrach seine Ausführungen über den legendären Halbdiesel Lanz Bulldog, den sein Vater anno 1955 erworben hatte, und sah mich erwartungsvoll an. Ich stellte mein leeres Glas mit einem Ruck auf den Tisch.

»Ist euch eigentlich bewusst, dass das Böse ausgestorben ist?«

Jetzt starrten mich beide an.

»Das Böse ist verschwunden! Weg! In Luft aufgelöst. Zumindest in Deutschland. Einfach nicht mehr da. Es gibt keine Unmenschen mehr. Dabei hatten wir noch vor sechzig Jahren jede Menge davon! Ich meine, wir haben heute zwar Kriminelle – Typen, die klauen oder einbrechen oder Leute überfallen oder Crack an Kinder verkaufen, oder sie schlagen mal einen tot oder erschießen jemanden – und das ist natürlich alles nicht in Ordnung – aber deswegen sind das trotzdem keine Unmenschen! Die kommen heute ja alle aus schwierigen sozialen Verhältnissen und sind als Kind missbraucht worden, die brauchen Hilfe und Mitgefühl!«

Nina rückte etwas von mir ab. Ich hatte es schon öfter erlebt, dass Frauen es nicht schätzten, wenn ich sarkastisch wurde. »Was willst du«, sagte sie, »die Todesstrafe wieder einführen?«

Ich schüttelte ernst den Kopf. »Aber nein. Ich frage mich nur, ob wir nicht in einer Illusion leben. Wir wollen bei jedem Mord verstehen, was den bedauernswerten Mörder zu seiner verzweifelten Tat getrieben hat. Das ist wahnsinnig human, aber wie können wir im Ernst glauben, dass das Böse nicht mehr existiert? Gibt es gar keine Menschen mehr, die auf jede Menschlichkeit pfeifen und für den eigenen Vorteil eiskalt und kalkuliert über Leichen gehen?«

»Die gibt es wohl«, sagte Lübbers, »aber wer das tut, der muss ja doch irgendwie selber mal schwer einen mitgekriegt haben – also, ich meine – dann hat er doch einen Hau weg.«

Ich ärgerte mich über seine Begriffsstutzigkeit und fuhr schweres Geschütz auf: »Mitgefühl und Verständnis in Ehren, Walter, aber sieh mal, als 1945 die Engländer gekommen sind und gar nicht weit von hier, im Lager Bergen-Belsen, Tausende von ausgemergelten Leichen aufgestapelt gefunden haben, da war ihre erste Sorge doch wohl nicht, ob die SS-Leute eine schwere Kindheit hatten!«

Lübbers war hell entsetzt. »Also – das darf man ja wohl nicht vergleichen!«

»Das darf man sehr wohl vergleichen!« Ohne es zu wollen, hatte ich die Stimme erhoben. »Wieso soll man keine Vergleiche ziehen dürfen?! Das muss man sogar! Im Kosovo-Krieg ist ständig darüber geschwafelt worden, man dürfe Milosevic nicht mit Hitler vergleichen und Srebrenica nicht mit Auschwitz. Das ist Stuss! Vergleichen heißt doch nicht gleichsetzen! Im Gegenteil! Nur wer vergleicht, sieht Unterschiede. Allerdings auch Gemeinsamkeiten!«

Ninas Stimme war kühl: »Und was hat deiner Meinung nach ein missbrauchtes Kind mit Hitler gemein?«

»Nichts«, sagte ich ruhig. »Mir ist einfach nur klar geworden: Das Böse ist ganz sicher nicht ausgestorben. Unmenschen gibt es immer. Wisst ihr, solange man selber mit keinem zu tun hat, ist es leicht, human und politisch korrekt um den heißen Brei herumzuquatschen. Aber wenn es mal einer auf dich abgesehen hat, ändert sich das. Und ihr könnt es mir glauben: Hier in diesem Ort gibt es einen. Hier und jetzt.«

* * *

Auf dem Rückweg zum Eichenhof waren wir wieder zu dritt. Bruno, der in *Göke's Gasthof* nicht hineindurfte, hatte nicht auf uns gewartet, dafür begleitete uns jetzt Lübbers. Das Schneegestöber hatte nachgelassen, und es war Wind aufgekommen.

Nina war schweigsam. Ich lief stumm neben ihr und fragte mich, was ich falsch gemacht hatte. Sogar Lübbers hielt die Klappe. Er war erstaunlich gut zu Fuß, aber das Wetter schien ihm die Lust am Schwadronieren ausgetrieben zu haben. Ich war dankbar, als endlich die hässlichen Kutschlaternen auftauchten und der Eichenhof vor uns lag.

Während Nina und Lübbers im Haus verschwanden, ging ich noch einmal hinüber zu den Nebengebäuden, um nach Karl zu sehen. Das Studio war immer noch dunkel, seine Wohnung ebenso. Ich stieg die Eisentreppe hoch. Die Tür war immer noch unverschlossen. Drinnen knipste ich das Licht an. Auf wohnliche Lampen hatte er ebenso wenig Wert gelegt wie auf hübsche Möbel. Alles wirkte noch nackter als tagsüber. Wieder rief ich seinen Namen – zumindest dachte ich das, bis mir auffiel, dass ich flüsterte. Ich setzte mich in denselben Sessel wie vorhin und griff nach dem Handy. Vergebens: »Der Teilnehmer ist zur Zeit nicht erreichbar«, sagte die Stimme am anderen Ende.

Dann blieb mein Herz stehen. Ein Hauch fuhr mir in den Nacken – kein kalter, sondern ein warmer, und er war so nachdrücklich wie die Berührung einer Hand. Es dauerte aber keine Sekunde, und meine Nase gab Entwarnung: Hund. Hinter mir stand Bruno. Ich wandte mich um und hatte sofort seine weiche Schnauze im Gesicht.

»Junge, wie schaffst du das, auf diesen dicken Tatzen so lautlos zu schleichen? Sonst galoppierst du doch immer durch die Gegend wie ein Pony!« Er leckte meine Hand.

Ich stand auf. »Na komm, gehen wir, sehen wir nach, ob der Wagen nicht doch irgendwo draußen steht.«

Ich war froh, Bruno an meiner Seite zu haben, fühlte mich nicht besonders wohl so allein da draußen – aber wenn ich hier wegwollte, musste ich erst mal mein Auto wiederhaben. Wir liefen jeden Weg auf dem Gelände ab, stapften durch den Schnee und sahen hinter jedem Gebäude nach. Nichts. Dann gingen wir über die Wiese zu Willis altem Wohnschuppen. Das windschiefe Bretterhäuschen stand geduckt unter einigen riesigen Eichen, dahinter lag ein regelrechter Schrottplatz. Es gab einen Jeep ohne Sitze, einen ausgebrannten Mähdrescher, die Reste eines Aufsitzvertikutierers, einen ausgeschlachteten Trecker, die einsame Schaufel eines Kleinbaggers und jede Menge Undefinierbares. Dies waren Willis alte Spielzeuge. Er war verrückt auf neue Maschinen gewesen, und wenn ihm eine langweilig wurde, hatte er sie irgendwo draußen stehen lassen und die nächste gekauft. Bis ihm die Bank schließlich den Hahn zudrehte und den Hof versteigern ließ. Die Ländereien gingen weg wie warme Semmeln, nur das alte Wohnhaus wollte niemand. Das war Didiers Stunde gewesen: Er griff zu und bekam es mitsamt den Wirtschaftsgebäuden für ein Butterbrot.

Alles, was Willi von seinem Erbe blieb, war dieser Schuppen mit ein paar Wiesen drum herum. Vor einigen Monaten hatte er mal mit dem Plan angegeben, sie zu Bauland zu machen, aber es war nichts draus geworden. Seltsamerweise war dem dicken Träumer nie Verbitterung darüber anzumerken gewesen, dass sein Land nun von anderen bestellt und sein Haus von Fremden aus der Stadt bewohnt wurde. Einmal, letzten Sommer, hatte ich ihn sogar richtig glücklich gesehen. Didier hatte beim Frühstück die Idee zu einem »Schrottrennen« gehabt. Also hatte Willi sämtliche alten Motoren angeworfen, die er noch in Gang bringen konnte, und wir waren den ganzen Morgen mit den rostigen Maschinen durch die Gegend gerumpelt. Den größten Ehrgeiz hatte selbstverständlich Didier entwickelt. Mit krachendem Getriebe drosch er einen alten Traktor durchs Gelände. Mein Fahrstil war eher lässig. Als überraschend flink und geschickt erwies sich Iris Didier, am elegantesten und gefühlvollsten fuhr Karl. Die maroden Motoren schnurrten förmlich unter seinen Händen. Unschlagbar aber war Willi gewesen, der knallrot vor Stolz Runde um Runde drehte und strahlte wie ein Monzasieger.

Jetzt herrschte endgültig Friedhofsruhe im dem verrosteten, verschneiten Fuhrpark. Bruno hob das Bein an einem platten Reifen und wollte weiter.

Ich folgte ihm noch ein ganzes Stück durch den Wald, bis der Weg an einer baumlosen Fläche endete. Mir ging erst auf, dass dies der zugeschneite Baggersee sein musste, als bei meinem ersten Schritt auf den vermeintlichen Acker das Eis unter meinem Fuß krachte. Der Hund war klugerweise am Ufer sitzen geblieben und hielt die Nase in den Wind. Damit, beschloss ich, waren wir am Ende der Erkundung. Ich kehrte um. Der Himmel mochte wissen, was der besoffene Karl mit meinem Wagen gemacht hatte und wo er damit abgeblieben war. Vielleicht war er nach Hamburg gefahren. Er hätte mich wenigstens anrufen und mir Bescheid sagen können.

Auf dem Rückweg hatten wir den Wind von vorn. Er blies lange Schneefahnen vor sich her, jede Böe peitschte mir Eisnadeln ins Gesicht.

»Nichts wie nach Hause«, sagte ich zu Bruno. Leider hieß »nach Hause« vorerst nur Eichenhof. Ich war eigentlich sonst ganz gern unterwegs, aber bei Didier hatte ich mich noch nie richtig wohl gefühlt, und diesmal war mir so unwohl wie noch nie. Ich zog die Kapuze tief ins Gesicht und stapfte wütend voran. Verfluchter Beruf, verfluchte Musik. Das hatte ich mir damals als flaschenumklirrter Meistergitarrist im Werkzeugkeller nicht träumen lassen, dass ich mal als Studioknecht bei einem Ausbeuter in der Provinz enden würde.

Beim Haupthaus angekommen, riss ich die Tür sperrangelweit auf und ließ außer dem Hund gleich auch noch eine Sturmböe mit hinein. Bruno legte sich brav auf die Fußmatte. Auf dem scheußlichen Sofa in der Diele saß Pelle. Er sah von einem Hefter auf.

»Hey, du siehst wieder besser aus!«, sagte er erfreut. »Schöne rote Backen, hehe!« Dann deutete er in Richtung Esszimmer und verzog warnend das Clownsgesicht.

Dort erschien Iris Didier. Sie streifte den Hund und mich mit einem missfälligen Blick, während sie vorwurfsvoll zu Pelle sagte: »Will denn heute niemand was essen? Ich hab die Frau Göke extra was herrichten lassen.«

»Anneliese hat das Essen gemacht?« Pelle und ich nickten einander spontan zu. Ich zog die rote Jacke aus und warf sie aufs Sofa.

Pelle erhob sich und schmiss die Papiere daneben. »Was das mit diesem Radiosender soll, begreif ich nicht«, brummte er, »und den Vertrag begreif ich schon gar nicht. Das Einzige, was ich erkennen kann, ist, dass ich zahlen soll – alles andere ist Juristenchinesisch.«

Drinnen hatte Anneliese eine große Aufschnittplatte angerichtet. Es gab diverse Sorten Wurst, Roastbeef, Schinken und Sauerfleisch, auf einem Holzbrett lag Käse, unter einer weißen, gestärkten Serviette lagen dunkles Bauernbrot und frisch aufgebackenes Baguette, und auf einer Warmhalteplatte stand eine große Schüssel mit knusprigen Bratkartoffeln.

»Ja!«, sagte Pelle aus tiefstem Herzen. »Oh ja!« Er griff sich einen Teller und schaufelte ihn voll.

Iris stand mit fröstelnd verschränkten Armen daneben und sah ihm zu. Sie schien das für höflich zu halten. Ich öffnete derweil eine der bereitstehenden Rotweinflaschen und goss, nachdem ich von Pelle ein heftiges Nicken und von Iris ein Kopfschütteln bekommen hatte, ein Glas für Pelle ein und eins für mich. Dann füllte ich mir ebenfalls einen Teller. Pelle warf einen Blick auf die Flasche: »Ein kleiner Rioja – na also! Schlicht, aber aus gutem Haus und gutem Jahr.«

»Im Kaminzimmer ist das Feuer an«, sagte Iris.

Pelle drückte mir seinen Teller in die Hand, klemmte die Flasche unter den Arm, nahm die beiden Gläser und ging voraus.

Iris verschwand in der Wohnküche.

Das Kaminzimmer war mir von allen Räumen im Haus noch der angenehmste. Nicht nur, weil er relativ groß war. Die Böckelfelds hatten dort eine Art Bibliothek eingerichtet, und das war ausnahmsweise nicht völlig danebengegangen. Hier waren die Holzdielen nicht mit Laminat überklebt, zwei Stehlampen bildeten einladende Lichtinseln, es gab knuffige, alte Ledersessel und eine Couch, am Fenster einen kleinen Schreibtisch mit Stühlen, und natürlich gab es Bücherregale. Der Kamin war eine grausige nostalgische Geschmacksverirrung, aber das Feuer war in Ordnung und knisterte und knackte, wie es sich gehörte.

Wir aßen wortlos. Pelle gehörte zu den Menschen, mit denen ich in einvernehmlichem Schweigen zusammen sein konnte. Dann und wann tranken wir einander zu, und jeder hing den eigenen Gedanken nach. Das Schweigen wurde allerdings sofort zäh, als Berthold Wiesegger ebenfalls mit einem Teller erschien – diesmal ohne großen Auftritt. Er wirkte vielmehr zerfahren und verunsichert, sagte nur knapp guten Abend, setzte sich und wünschte guten Appetit. Anschließend räusperte er sich ein paar Mal, schien etwas äußern zu wollen, entschied sich aber jedes Mal anders, und es wurde wieder unangenehm still.

Dann klopfte jemand leise an den Türrahmen: Nina war da. Ich sah ihr in die Augen und wusste, was ich vorhin falsch gemacht hatte. Ich hatte ihr Angst gemacht.

»Komm her, setz dich zu mir!«, sagte ich.

Sie stellte sich mit dem Rücken zum Feuer und hielt die Hände hinter sich. Auf ihrer Stirn stand eine kleine, ernste Falte. »Hast du dein Auto wiedergefunden?«

»Nein.«

»Ist Karl zurück?«

»Auch nicht.«

»Also mir geht das alles an die Nerven. Ich überlege, ob ich nicht … ich meine – wenn du willst, können wir einfach sofort mit meinem Wagen wegfahren! Was meinst du?«

Ich nickte betrübt. »Das ist mal eine gute Idee. Ich wünschte nur, wir hätten sie früher gehabt. Jetzt würden wir mit dem Porsche nicht mehr weit kommen. Da draußen stürmt es höllisch. Es muss längst überall riesige Schneewehen geben.«

Pelle sah mich an, sah Nina an, sah wieder mich an. »Hab ich was verpasst?«

Ich grinste blöd. »Ach wo.«

Nina setzte sich auf meine Sessellehne und sah mich an. »Soweit es mich betrifft, hat er was verpasst. Ein bisschen zumindest.« Nun lächelte sie doch.

»Ich würd' euch den BMW geben«, sagte Pelle spontan, »für den X5er ist das bisschen Schnee kein Problem. Wir könnten die Autos tauschen. Aber das geht nicht. Ich brauch meins spätestens morgen selbst.«

Ich nahm Ninas Hand. »Mach dich nicht verrückt! Die eine Nacht werden wir hier schon noch aushalten. Bis morgen früh taucht Karl vielleicht wieder auf, und wenn nicht, sind wenigstens die Straßen geräumt. Dann fahr ich mit dir, wohin du willst. Ok?«

»BÖSER PETZI!«

Didiers strafender Ton sollte witzig klingen, aber dafür schwang viel zu viel Anspannung in seiner Stimme mit. Gerd Schreiner im Schlepptau, stelzte er ins Zimmer und baute sich vor uns auf. »Petzi, Petzi, Petzilein! Du willst mir doch nicht etwa meine liebste Künstlerin entführen!«

In meinem Kopf klickte es. Vielleicht lag es an dem, was ich erlebt hatte, vielleicht daran, dass ich mich vor Nina nicht zum Narren machen lassen wollte. »Schluss mit Petzilein«, sagte ich, und es klang zu meinem eigenen Erstaunen nicht bockig, sondern ruhig und bestimmt. »Jetzt hörst du mal mit dem Geschnäbel auf und redest wie ein normaler Mensch.«

Didier riss in gespieltem Erstaunen den Mund auf, dann stieß er einen Pfiff aus. »Paul! Paulchen, Respekt! Das sind ja ganz neue Töne! Und soll ich dir was sagen – ich find's gut! Ich find's richtig gut! Ich hab immer gewusst, dass du einer bist, in dem mehr steckt!

Ich tauschte kopfschüttelnd einen Blick mit Pelle und schwieg.

Didier sprach über meinen Kopf hinweg: »Gell, du läufst mir eh nicht weg, mein Ninalein! Du bleibst! Wir haben ja noch viel miteinander vor!«

Sie wandte ihm das Gesicht zu, blieb aber auf meiner Lehne sitzen. »Nein. Paul hat Recht. Was soll das? Warum redest du so albern? Und dann dieses Haus hier, diese Vorfälle ... ich sag's dir ehrlich: Morgen früh fahre ich, und ich werd nicht wiederkommen.«

Der Doktor schaltete um. Seine Stimme klang nun tiefer und sachlicher. »Ok, es zwingt dich selbstverständlich niemand hier zu bleiben. Ich wär' bloß sehr, sehr enttäuscht, das ist alles. Zumal dann eine Aufnahme in die Schublade wandern müsste, die sonst todsicher ein Erfolg würde – du hast nämlich gestern absolut umwerfend gesungen.«

»Woher weißt du, wie ich gesungen hab?«, fragte Nina. »Hast du es gehört?«

Didier umging die Antwort: »Ich würd's dir nicht mal übel nehmen, wenn du wegfährst, weißt du. Irgendwie bin ich mir nämlich ganz sicher, du wirst deine Meinung wieder ändern. Wir werden noch viel zusammen machen, glaub mir.«

»Wohl kaum. Noch mal, Günther – hast du es gehört?«

»*Ich* hab's gehört!« In der Tür stand Iris, die Stimme messerscharf. »Ich hab wohl nur etwas übertrieben, als ich dem Günther davon erzählt hab. So doll war's nämlich nicht.«

Alle starrten sie an. Eine merkwürdige Frau. Mit Didiers zahllosen Affären hatte sie sich arrangiert, aber dass er nun von einer seiner Freundinnen zurückgewiesen wurde, ging ihr gegen den Strich. Didier warf ihr einen Alarmblick zu, dann versuchte er zu retten, was zu retten war: »Also, Nina, als die Iris gestern aus dem Studio gekommen ist, war sie total begeistert, und die Iris ist sehr kritisch! Das ist ein großes Lob!«

»Ich brauch kein Lob von euch. Schon gar nicht so eins.« Nina presste meine Hand. Auf ihren Wangen waren rote Flecken.

Iris lachte. »Dir hat schon die ganze Welt zu Füßen gelegen, Nina, ich weiß – Paris, Berlin, New York und so. Aber kann es sein, dass das schon eine Weile her ist? Hast du inzwischen nicht mehr Scheidungsanwälte an den Hacken als Agenten? Kann es sein, dass du einen wie den Günther gerade ganz dringend brauchst?«

»Jetzt hört aber auf!«, schrie Didier.

Iris wurde augenblicklich zu Eis. »Vorsicht, Günther!«, sagte sie. »Vorsicht. Du weißt, wozu ich fähig bin.« Sie drehte sich auf dem Absatz um und ging.

Didier riss die Arme hoch. »Ja verdammt noch mal, sind denn heut alle durchgedreht? Jetzt lasst uns aber mal wieder auf den Teppich kommen! Nina, weiß der Himmel, was die Iris eben geritten hat, ich hab keine Ahnung, ich sag dir nur: Ich steh total auf dich und auf deine Stimme, und ich weiß ganz genau, dass wir noch Großes miteinander machen werden!« Er ließ die Arme sinken und breitete sie aus. Dann holte er tief Luft. »So, das war das eine. Das andere hab ich jedem Einzelnen von euch wahrhaftig lang und breit und mit Engelszungen erklärt und ans Herz gelegt.« Er machte eine dramatische Pause und sah in die Runde. Dann raunte er beschwörend: »*Radio4Fun*. Das ist die letzte Chance, in dem Land hier günstig in einen Sender einzusteigen, darauf könnt ihr euch verlassen. Das wird ein Riesengeschäft, dafür garantier ich. Wie ist es also – habt ihr die Verträge unterschrieben?!«

Niemand reagierte. Didier warf die Hände in die Luft, als könnte er es nicht fassen. »Nina, hast du unterschrieben?«

Nina lächelte nur böse ins Feuer.

Er ließ die Arme hängen. »Pelle, hast du unterschrieben?«

»Nein, ich hab noch nicht unterschrieben, und ob ich es überhaupt tue, hängt davon ab, was Gerstenberg sagt.«

»Dein Kölner Anwalt?! Ja, meinst du denn, dieser Hansel versteht mehr davon als ich? Das kannst du doch nicht wirklich glauben – so viel Mist, wie der schon gebaut hat!«

»Mist gebaut? Der hat mir die Augen geöffnet! Der hat meine sämtlichen Verträge und Vereinbarungen und Verpflichtungen durchgeackert, dat janze Jedrisse zwischen dir und mir – und da wird sich eine Menge ändern müssen!«

»Pacta sunt servanda«, sagte Didier kühl, »Verträge müssen eingehalten werden. Außerdem solltest du immer deinen Erfolg im Auge haben.«

»Was? Wie soll ich denn das verstehen?«

»Kein Künstler ist unersetzlich, das weiß auch De Kooning. Ich treff ihn nächste Woche zum Essen. Bei *Acht nach Acht* scheinen in letzter Zeit die Quoten nicht mehr zu stimmen. Wer weiß, an wem's liegt.«

De Kooning war der Produzent der wöchentlichen Comedy-Show, in der Pelle seinen Stammplatz hatte. Pelles Stirn verfinsterte sich.

Jetzt nahm Didier Wiesegger ins Visier: »Berti! Wenigstens auf dich ist Verlass. Du hast unterschrieben, oder?«

Wiesegger senkte den Kopf.

»Hast du unterschrieben?«

»Nein!« Wiesegger heulte auf. »Nein, ich hab *nicht* unterschrieben! Hast du eigentlich eine Ahnung, was so eine Riesenausgabe für mich bedeutet, Günther? Kannst du dir vorstellen, wie viel Geld das für mich ist?! Für so einen …« – er verzog ironisch das Gesicht – »für so einen singenden Schauspieler aus Meisenwang?! Kannst du dir das *vielleicht* vorstellen?« Er lauschte seinem Satz nach, dann legte er noch eine Spur mehr Tremolo in die Stimme. »Genügt es dir nicht, wenn ich deine Taschen fülle, indem ich jeden Abend für dich auf die Bühne gehe? Indem ich deine Lieder singe? Deine Melodien, deine Texte, alles *für* den großen Dr. Didier, alles *vom* großen Dr. Didier!« Er warf einen Blick auf seine Fingernägel und setzte zickig hinzu: »Oder von wem auch immer!«

Der Doktor stöhnte. »Berti, du weißt doch ganz genau, dass ich …«

»Reicht dir das denn alles noch nicht? Kriegst du den Hals nie voll? Hast du dich jemals gefragt, wie ich mich fühle, wenn ich für dich auf die Bühne gehe wie eine Nutte für ihren Zuhälter?«

»Och Berti, das ist aber jetzt …«

»*Ich* muss doch da oben stehen und den Kopf hinhalten! *Ich* bin doch derjenige, der Abend für Abend vor sein Publikum treten muss! Glaubst du, das ist einfach, glaubst du, das ist ein Zuckerschlecken?!«

»Das hab ich nie gesagt! Ich weiß genau, was du leistest, und ich …«

»Du weißt, was ich leiste? Ha! Entschuldige mal, wenn du wüsstest, was ich leiste, würdest du nicht versuchen, mir auch noch den allerletzten Cent abzupressen!« Wiesegger ging die Luft aus. Sein Hals über dem blütenweißen Hemdkragen war dunkelrot angelaufen.

Didier nutzte die Gunst der Sekunde. »Jetzt is' mal gut, Berti! Von Auspressen kann ja nun echt nicht die Rede sein! Ohne meine Kontakte, ohne meine Promotion, ohne meinen ständigen Einsatz wärst du finanziell in einer ganz anderen Liga, ganz klein und bescheiden! Ist doch so! Ich erwarte ja nicht mal Dank dafür, aber ein bisschen Fairness erwarte ich schon, gell! Du hast doch immer von mir profitiert! Bis auf meine paar Prozente hat doch immer alles komplett dir gehört, was du eingenommen hast – und das gönn ich dir ja auch von Herzen! Wenn einer weiß, was deine künstlerische Leistung wert ist, dann bin ich es doch!« Didier hob den Zeigefinger. »Es gibt aber noch eine Sache, die ich weiß.«

Wiesegger zuckte zusammen. Der Doktor schlug einen fürsorglichen Ton an: »Ich weiß auch, dass Künstler nicht mit Geld umgehen können! Ich will das nicht unbedingt jedem hier unterstellen, aber ich mach mir schon meine Sorgen! Was glaubt ihr denn, warum ich mir den Mund fusselig rede? Warum ich meinen Künstlern exklusiv eine Geldanlage zugänglich mache, nach der sich der Rest der Republik die Finger leckt?«

Wiesegger entspannte sich etwas. Pelle schien sauer und genervt, Nina schüttelte langsam den Kopf, als traue sie ihren Ohren nicht.

»Entschuldigung!« Walter Lübbers füllte den Türrahmen mit seinem Norwegerpullover, Diensteifer in der Stimme, die Hände an der Hosennaht, das runde Gesicht spitzbübisch, als habe er etwas Witziges gesagt. »Frau Didier schickt mich. Ich soll fragen, ob noch irgendwas gebraucht wird.«

»Unser Eisenhütchen!«, knurrte Didier unwillig und bedeutete ihm mit einem Hinweis auf die leeren Gläser ringsum, er könne Wein bringen.

»Schreiner, wie finden Sie das?«, fragte Didier. »Ist es zu fassen, dass jemand bei so einer Riesen-Anlagechance nicht auf der Stelle ja sagt? Ist nicht zu fassen, stimmt's? Tja, hier sitzen lauter Künstler – irrational, misstrauisch und ahnungslos.«

Schreiner sagte gar nichts. Auf ihn musste Didiers Auftreten so peinlich wirken wie auf jeden Außenstehenden, aber wer den Doktor kannte wie ich, wusste, dass sein Kasperletheater trotz aller Durchschaubarkeit selten ohne

Wirkung blieb. Vor allem, weil er nie aufgab. Er akzeptierte niemals ein Nein. Auch diesmal ließ er nicht locker, nahm sich immer und immer wieder einen nach dem anderen vor, lockte, flehte, schmeichelte, machte Versprechungen, drohte.

Ich hatte schon viele solcher Szenen miterlebt und kannte den üblichen Ausgang, war selbst oft genug schwach geworden. Deshalb wunderte es mich, dass Didier heute seinem Ziel nicht näher kam. Pelle hatte die Schotten dicht gemacht und blieb stereotyp bei seiner Erklärung, er werde alles seinem Anwalt überlassen. Nina sagte gar nichts. Wiesegger knickte ein paar Mal ein, hatte seine halbe Zusage aber jedes Mal kurz darauf wieder vergessen – und alles ging von vorn los. Lübbers drückte sich derweil mit großen Ohren im Zimmer herum, schenkte Wein nach und legte Holz aufs Feuer. Durch den Kamin konnte man hören, wie draußen die Sturmböen ums Haus fuhren.

Der Doktor redete und lief im Zimmer auf und ab, auf und ab. Der Einzige, der seine Beschwörungen und Beteuerungen allmählich zu glauben schien, war er selbst. Zeitweise schwamm er geradezu in Selbstmitleid, dann wieder machte er kleine, erpresserische Andeutungen. Je länger es anhielt, desto bizarrer erschien mir sein Geschwätz. Vermutlich lag es nur daran, dass ich nicht zu seinen Zielpersonen gehörte. Einen besonnenen Kopf hatte ich nämlich nicht. Ich spürte die Beule wieder, ich spürte den Wein, ich spürte Nina neben mir. Trotzdem kam ich irgendwann an einen Punkt ungewöhnlichen Scharfblicks. Während ich Didier beobachtete, sah ich auf einmal deutlich, wie völlig fehl am Platz ich in diesem Haus immer gewesen war.

»Komm, lass uns gehen«, sagte ich leise zu Nina. Beim Aufstehen wurde mir schwindelig, aber nicht sehr. Didier sah uns fragend an. »Wir fahren morgen«, sagte ich.

Er war schockiert. Fassungslos. Zutiefst verletzt. Ins Mark getroffen.

Ich musste lachen. »Lass das Theater, Günther. Ist doch zwecklos.« Ich ging mit Nina zur Tür.

»Moment noch, Paul!« Die braunen Augen blitzten mich an. »Du weißt noch, dass wir eine Abmachung haben.«

»Weiß ich.«

»Gut. Hoffentlich weißt du auch, was passiert, wenn du sie brichst. Also pass auf!«

Ich trat einen Schritt auf ihn zu. Er erschien mir kleiner als sonst. Sonst hatte ich immer das Gefühl gehabt, zu ihm aufsehen zu müssen. »Hör zu, Günther. Ich hab noch nie mein Wort gebrochen. Mir zu drohen, ist also völlig unnötig. Außerdem solltest du bei all deinen Tricks und Einschüchterungen und Versprechungen eines bedenken: Wenn einer den Kessel zu sehr unter Druck setzt, dann kriegt er früher oder später den Deckel in die Fresse.«

9. Kapitel

Wie es aussah, waren wir die Ersten, die wach waren. Ninas Fenster gingen nach Osten, und die Morgensonne stach blendend hell ins Zimmer. Ich sah auf mein Handy: neun Uhr. Nina öffnete die Augen und schloss sie sofort wieder. Ihr Gesicht war selbst nach dieser Nacht und bei diesem Licht wundervoll. Ich strich über die hohen Wangenknochen, den schmalen Nasenrücken, die weichen Lippen.

Sie verzog sie zu einem Lächeln und wandte sich ab. »Lass das! Das kitzelt!«

Ich küsste ihren Nacken. Ich ließ meine Finger über ihre Schulter wandern, ihren Rücken, ihre Hüfte. Nina versuchte still zu liegen, doch es gelang ihr nicht. Schließlich warf sie mit einem Ruck die Bettdecke von sich und hielt meine Hand fest.

Ich sah an ihr herunter. »Du hast große Füße.«

»Was du nicht sagst. Und du hast eine große Nase.«

Ihre Füße waren tatsächlich groß, aber ebenso feingliedrig und wohlproportioniert wie ihre Hände, wie überhaupt alles an ihr. Ich musterte sie eindringlich und sagte: »Wir stehen besser auf. Wir wollen schließlich hier weg.«

»Unbedingt!«, sagte sie, legte meine Hand auf ihren Bauch und führte sie abwärts.

Ein paar hundert Umarmungen später hatte ich schließlich meine Jeans an, die restlichen Klamotten unterm Arm und wanderte über den Flur zu meinem eigenen Zimmer. Nichts im Haus rührte sich. Draußen vor den Fenstern funkelten Trilliarden von Schneekristallen. Ich fühlte mich gleichzeitig müde und federleicht. Während ich duschte, mich anzog und meine ramponierte Tasche packte, musste ich unentwegt an Nina denken und an das süße Gefühl, in ihren Armen einzuschlafen. In meinem Kopf sang Randy Newman:

Your eyelids are gettin' heavy
Hard to lift
Your mind begins to wander
Things start to drift
Your arms are getting heavy
Hard to lift
You sink down a little deeper
You're feeling wonderful
Maybe you're falling in love …

Meine Schuhe auf der Heizung waren trocken. Ich nahm das zerknüllte Zeitungspapier heraus und zog sie an. Nebenan rauschte immer noch Ninas Dusche. Ich ging nach unten und sah mich in der Diele nach der roten Jacke um, aber sie war nicht da. Egal, im Auto würde ich keine brauchen. Die Haustür war abgeschlossen, aber der Schlüssel steckte. Im Freien war es trotz der Sonne immer noch empfindlich kalt. Ich musste die Augen zusammenkneifen, so hell war es. Was für ein unglaublich wolkenloser, himmelblauer Morgen! In allen Ecken türmten sich Schneewehen.

Ich sah nach Ninas Porsche. Der stand fast frei; wenn wir es bis zur geräumten Straße schafften, konnten wir abhauen. Ich freute mich auf die Fahrt durch die kitschig weiße Landschaft. In einer Stunde konnten wir in Hamburg sein und an der Alster frühstücken. Ich hatte Lust, nach Bruno zu pfeifen, aber der hätte mir sofort meine sauberen Sachen eingesaut, deshalb ließ ich es bleiben. An den Dachrinnen hingen Eiszapfen, die Fenster waren voller Eisblumen, drüben vor der

Studiotür türmte sich ein weißer Berg. Sie sah aus, als sei sie nicht ganz geschlossen.

Karl?

Ich ging hinüber. Nein, nach ihm sah das nicht aus, denn durch den Türschlitz war Schnee ins Innere geweht. Das hätte Karl niemals zugelassen. Es war gar nicht so einfach hineinzukommen. Ich musste mit aller Kraft an der Klinke zerren und mich mit dem Fuß gegen die Hauswand stemmen, der Schneeberg leistete zähen Widerstand. Sobald der Spalt groß genug war, quetschte ich mich hindurch.

Drinnen war es dunkel. Meine Augen waren noch auf gleißendes Schneeweiß eingestellt. Was mir zuerst auffiel, war der Geruch – unangenehm, wie in manchen Metzgereien: rohes Fleisch, Blut. Ich suchte mit den Fingern die Wand ab und erwischte den Schalter für die automatischen Rollläden, die sich mit einem Ruck in Bewegung setzten. Sofort schnitten blendende Lichtstreifen in den Raum und wurden zügig größer.

Vor meinen Füßen lag, voller brauner Flecken, die rote Jacke. Fast der ganze hellgraue Teppichboden war über Nacht schwärzlich-braun geworden, vor dem Mischpult schwamm es nass. In dem hochlehnigen Regiesessel, den ich vorgestern benutzt hatte, saß Didier. Zwischen seinen teuren Turnschuhen lag eine goldene, braunfleckige Stimmgabel. Auch die Schuhe waren nass, seine Nike-Pants waren nass, sein Sweat-Shirt war nass, der Sessel war nass. Alles war bespritzt und getränkt mit bräunlich-rotem klebrigen Blut. Sogar das SSL-Pult hatte reichlich abgekriegt. Unbarmherzig wanderte das Licht höher und höher. Mir wurde schlecht. Didiers Kopf existierte noch, aber sein Gesicht war bis zur Unkenntlichkeit verzerrt und entstellt, aufgedunsen, aufgequollen, der offene Mund ein blutiges Loch, der Schädel zerschlagen und geborsten.

Dann schien ein schimmernder Reflex auf, ein warmes Leuchten. Aus dem formlosen Matsch, der einmal das Gehirn von Dr. Günther Didier-Böckelfeld gewesen war, ragte eine goldene Hand.

* * *

Anneliese erzählte mir nachher, sie habe mich, als sie zur Arbeit kam, leichenblass neben der Schneewehe gefunden. Meine Erinnerung daran ist ein bisschen verschwommen, aber ich hatte zu dem Zeitpunkt immerhin schon per Notruf die Polizei benachrichtigt und ausgiebig vors Studio gekotzt.

Während wir gemeinsam warteten, kam auch Nina herunter. Ich riet den beiden Frauen davon ab, sich Didier anzusehen, aber sie zeigten ohnehin keine Neigung dazu. Die Sonne wurde kräftiger, die Eiszapfen hatten zu tropfen begonnen.

Es dauerte gut eine Viertelstunde, bis der Streifenwagen aus Wittholt eintraf. Zwei Beamte stiegen aus und bewegten sich vorsichtig über den Hof; auf dem gefrorenen Boden wurde das Tauwasser sofort wieder zu Eis. Ich beschrieb, was ich entdeckt hatte. Einer stakste zum nächstgelegenen Studiofenster, schirmte die Augen mit der Hand ab und spähte durch die Scheibe. Dann verzog er die Oberlippe. »Au nee, wa!« Er streifte mich mit einem scheuen Blick und nickte seinem Kollegen zu.

Die beiden setzten sich wieder in den Wagen, machten Meldung und holten sich Anweisungen über Funk. Eine davon bestand vermutlich darin, sämtliche Hausbewohner zu versammeln, denn einer der Beamten postierte sich anschließend unten in der Diele und schickte Anneliese nach oben zu den Gästezimmern. Der andere passte derweil auf, dass der Tatort unberührt blieb.

Als die Kripo mit mehreren Fahrzeugen aus der Kreisstadt eintraf, saßen wir alle im Esszimmer: Pelle, Wiesegger, Schreiner, Anneliese, Nina und ich. Nur Iris war erlaubt worden, mit den Kindern in die Wohnküche zu gehen, weil ihnen von dort der Anblick des Studios erspart blieb. Alle waren erschüttert, selbst Schreiner war noch fahler als sonst. Wiesegger hatte feuchte Augen, Pelle schien bestürzt, Nina hielt sich stumm an meiner Seite. Ich selbst war mir über meine Empfindungen im Unklaren. Einerseits spürte ich, merkwürdig, kein Bedauern über Didiers Schicksal, andererseits machte mir der schreckliche Anblick seiner Leiche schwer zu schaffen. Ich war eher benommen als bewegt.

Anneliese suchte ihr Heil in resolutem Kaffeemachen. Mit ungewohnt verschlossenem Gesicht lief sie hin und her, konzentrierte sich auf Teller und Tassen. Es rührte aber niemand etwas an. Es sagte auch niemand etwas; alle fühlten sich durch die Anwesenheit des Polizisten gehemmt, der seinerseits durch die Anwesenheit der Fernsehprominenz eingeschüchtert schien. Er erhob sich dankbar, als ein Kripobeamter auftauchte, um ihn abzulösen.

Der Neue war dagegen eine Frohnatur – leutseliges Lächeln, modisch kurze, graumelierte Flusen am Kinn und eine Ausstrahlung wie ein Pudelwelpe. Er trat an den Tisch, stellte seine Aktentasche ab und sagte: »Fick!«

Nachdem er einen Augenblick die irritierten Reaktionen genossen hatte, fügte er erklärend hinzu: »Das ist mein Name. Helmut Fick.« Er setzte sich, zog ein Notizbuch hervor, begann unsere Personalien aufzunehmen und wollte wissen, wo wir den Abend und die Nacht verbracht hatten. Jede Auskunft notierte er mit ermutigenden Kommentaren wie »Na, das hätten wir doch schon mal«.

Als ich dran war, drückte Nina unterm Tisch meine Hand und schüttelte kaum merklich den Kopf. Ich begriff, was sie meinte, und erklärte wie alle anderen, ich hätte allein in meinem Zimmer geschlafen. Wieder drückte sie meine Hand. Diesmal lächelte sie dankbar. Ficks Fragerei brachte nebenbei ans Licht, dass Pelle Schmitz in Wahrheit Detlef hieß und Nina nicht Nina, sondern Monika. Der Beamte kniff beiden grinsend ein Auge zu. Dann bat er sie um Autogramme. Wiesegger presste beleidigt die Lippen zusammen.

»Was soll ich Ihnen denn draufschreiben?«, fragte Pelle.

»Detlef«, gluckste der Beamte und kniff wieder ein Auge zu. Als sich herausstellte, dass während der Nacht außer den jetzt Anwesenden auch noch Walter Lübbers im Hause gewesen war, wurde ein Polizeiwagen nach ihm geschickt.

Aus der Wohnküche kamen Stimmen, die wenig später von draußen zu hören waren. Ein Mercedes wurde angelassen. Anscheinend verließen Iris und die Kinder den Eichenhof.

Die Arbeit draußen am Tatort ging erstaunlich langsam vonstatten. Meine Fußspuren wurden untersucht und fotografiert, auch Fenster, Tür und Türschloss. Irgendwelche verdächtigen Fundstücke, vermutlich Stoffreste oder so was, wurden in Plastiktütchen gesteckt. Ohne die Schneedecke wäre die Ausbeute viel größer gewesen, ging es mir durch den Kopf, denn darunter mussten Hunderte von Karls Zigarettenstummeln liegen.

Der Chef der Mannschaft war nicht etwa ein verwegener Pfeifenraucher im Trenchcoat, sondern sah eher aus wie ein Landwirt im Sonntagsstaat. Besonders unpassend fand ich seinen schwarzen Vollbart. Als die Arbeiten im Freien abgeschlossen waren, wurden zwei Uniformierte angewiesen, den Eingang frei zu schippen. Die Sonne hatte mächtig an Kraft gewonnen. Die Schaufler schwitzten. Schließlich schwang die Tür auf. In den Raum hineinsehen konnte man vom Esszimmer aus nicht – zum Glück. Es wurden allerlei Köfferchen und Gerätschaften hinein- und dann wieder herausgetragen, drinnen wurde geblitzt. In einer großen, durchsichtigen Tüte wurde die rote Jacke herausgebracht. Die Fußspuren der Polizisten im Schnee waren rötlich braun.

Ich stellte mir vor, was für Geräusche ihre Schuhe auf dem nassen Teppichboden machen mussten und hätte mich schon wieder übergeben können. Der Blutgeruch wollte nicht aus meiner Nase verschwinden.

Eine ganze Weile geschah scheinbar nichts. Die Sonne schien, die Eiszapfen tropften. Dann erschienen zwei Autos, zuerst ein Leichenwagen – aber keine alte Kiste wie meine, sondern ein modernes Ding ohne überflüssigen Zierat. Die Heckklappe wurde geöffnet, eine Zinkwanne mit Deckel und Tragereling wurde ausgeladen und ins Studio gebracht. Kurz nach dem Leichenwagen war der Streifenwagen mit Lübbers eingetroffen, der lebhaft auf den Fahrer einredete. Als sie ausstiegen, sah ich, dass Walter dem Anlass pietätvoll Rechnung getragen und den Norwegerpullover gegen ein dunkelblaues Hemd mit Krawatte getauscht hatte. Im Vorbeigehen warf er neugierig-beklommene Blicke ins Studio. Aus der Diele konnte man hören, um was es bei seiner einseitigen Unterhaltung mit dem Fahrer ging: Walter glaubte den Neffen eines Schwagers der Mutter des Polizisten zu kennen. Der lieferte ihn wortlos im Esszimmer ab und suchte das Weite.

Auch Walters Personalien wurden notiert. Er gab eifrig Auskunft und nickte bei jeder Antwort gewichtig in die Runde. Schließlich steckte der Beamte seinen Notizblock ein, lächelte fröhlich (»Na also, das hätten wir doch schon mal!«), bat uns zu warten und ging ebenfalls.

Anneliese war die Erste, die sofort zu reden begann, doch das Wort blieb ihr gleich wieder im Hals stecken: In der Studiotür tauchte die Zinkwanne wieder auf, diesmal mit sichtlichem Gewicht. Unwillkürlich standen wir auf und gingen zum Fenster. Die Wanne wurde zum Leichenwagen getragen und hineingeschoben. Die Türen knallten, einen Augenblick später verschwand der große Dr. Didier-Böckelfeld sang- und klanglos für immer von seinem Eichenhof.

»Guten Tag!«, sagte eine Stimme hinter uns. Da stand Schwarzbart, ein großer, rundlicher Bursche mit einer Hand in der Hosentasche, einem Aktenkoffer in der anderen und Fick im Gefolge. Der Bart konnte nicht verbergen, dass dahinter ein volles Gesicht mit roten Backen steckte, und die blauen Augen sahen so harmlos und freundlich drein, dass ihnen bestimmt nicht zu trauen war. »Nehmen Sie doch bitte wieder Platz.« Er sprach etwas nuschelig.

Wir setzten uns artig, Schwarzbart blieb stehen und stellte sein Köfferchen auf den Tisch. »Ich bin Hauptkommissar Eckermann. Ich leite die Mordkommission in diesem Fall. Ich nehme an, mein Kollege hat sich Ihnen schon vorgestellt.«

Wir nickten. Der Hauptkommissar seufzte mitfühlend. »Auf Leute von außerhalb wirkt sein Name immer ein bisschen unanständig, aber bei uns hier oben im Norden heißen viele so.«

Fick öffnete grinsend den Mund und wollte etwas sagen, aber Eckermann brachte ihn mit einem Blick zum Schweigen. Dann sah er von einem zum andern: »Wer von Ihnen ist der Herr, der den Toten gefunden und die Polizei angerufen hat?«

Ich hob die Hand.

»Sie sind Herr Nickel, aha. Sie hätte ich dann gleich gerne als Ersten gesprochen. Alle anderen selbstverständlich auch, aber immer schön sinnig einen nach dem anderen.« Er sah sich suchend um. »Frau Böckelfeld ist mit einem Beamten unterwegs nach Hamburg und bringt die Kinder zur Großmutter. Kann mir vielleicht von Ihnen jemand einen Raum zeigen, der sich für ungestörte Unterhaltungen eignet?«

Anneliese stand auf. »Da lüfte ich mal am besten das Kaminzimmer nebenan. Reichen drei Stühle? Sonst stell ich Sie noch welche dazu, oder Sie nehmen die Sessel.«

»Drei Stühle reichen erst mal, danke.«

Sie machte sich auf den Weg.

Der Hauptkommissar legte die Hände zusammen. »Ich möchte von Anfang an etwas klarstellen. Wie Sie wissen, haben wir es mit einem Gewaltverbrechen zu tun. Herr Fick berichtet, dass Sie letzte Nacht alle hier in unmittelbarer Nähe des Tatorts waren. Deshalb kann ich Ihnen vorerst nicht gestatten, das Haus zu verlassen.«

»Was?!« Berthold Wieseggers Bassbariton zitterte zwischen Empörung und Panik. »Wir sind unter Arrest? Verhaftet?!«

»Natürlich nicht, Herr … «

»Wiesegger!«, half Fick.

»Natürlich sind Sie nicht verhaftet, Herr Wiesegger. Wir müssen ja erst mal mit den Ermittlungen anfangen. Aber dafür brauchen wir Sie, und zwar Sie alle.«

Der Kommissar sah seinen Kollegen an und deutete auf dessen Notizblock: »Am besten stellst du mir die Herrschaften kurz vor, das macht die Sache einfacher.«

»Zu Diensten. Der Herr Wiesegger hier, Vorname Berthold, singt Schlager und kommt aus Meisenwang.«

»Volksmusik!«, stellte Wiesegger richtig, »Ich bin Sänger und Schauspieler.«

»Sänger und Schauspieler, genau.« Fick blätterte um. »Nina Simon, mit richtigem Namen übrigens Monika Simon, muss ich dir nicht vorstellen, oder?«

Eckermann lächelte höflich und deutete eine Verbeugung an. Fick blätterte weiter: »Dann Herr Detlef Schmitz, Künstlername: Pelle Schmitz. Ist dir auch ein Begriff.«

Der Kommissar musterte Pelle nickend und sagte: »*Acht nach Acht*!« Überraschend setzte er hinzu: »Nicht übel, die Sendung. Jedenfalls besser als ihr Ruf.«

»Danke«, sagte Pelle.

»Herr Nickel ist Komponist und Texter«, fuhr Fick fort, »und arbeitet, wenn er hier auf dem Anwesen ist, drüben im Tonstudio. Richtig?«

Ich nickte. Eckermanns Brauen hoben sich leicht. Fick blätterte weiter: »Dann haben wir noch Herrn Schreiner. Er kommt von dem Rechenzentrum, das der Ermordete beschäftigt hat ...«, er suchte in seinem Notizbuch, »*Datag Inkasso* in Hamburg.«

Eckermann sah Schreiner interessiert an. »Ah ja. So, dann fehlt nur noch die Dame, die gerade nebenan für uns lüftet.«

»Das ist Anneliese Göke, die Frau vom Gastwirt im Dorf. Die macht tagsüber hier den Haushalt, aber abends arbeitet sie im Gasthof. So war es auch gestern, sagt sie. Sie ist erst heute Morgen wieder hergekommen. Alle anderen haben Gästezimmer hier im Haus, und jeder hat brav in seinem Bettchen geschlummert.« Er klappte sein Buch zu und strahlte: »So, das hätten wir doch schon mal!«

»Schön«, sagte Eckermann und wandte sich wieder an uns. »Wir werden Sie, wie gesagt, alle einzeln befragen. Nun ist das mit Zeugenaussagen immer so eine Sache – der eine hat es so gesehen, der andere so, die Erinnerung verzerrt den Blick, und je öfter die Beteiligten miteinander darüber reden, desto weniger objektiv ist das Bild am Ende. Deshalb möchte ich, dass fürs Erste jeder allein auf sein Zimmer geht und da wartet, bis er zum Gespräch geholt wird. Herr Lübbers bleibt bitte einfach hier im Esszimmer. Und noch etwas: Wir haben am Tatort Fingerabdrücke genommen und brauchen natürlich auch welche von Ihnen allen. Es wird deshalb gleich eine Beamtin herumgehen und das erledigen. Seien Sie so nett und helfen Sie ihr. Ist keine große Sache. Kann sein, dass wir uns später auch noch in Ihren Zimmern umsehen müssen. Helmut, du nimmst sämtliche Handys in Verwahrung, dann setzt du dich oben in den Flur, hältst die Augen offen und sprichst mit Frau Göke.«

»Allzeit gern zu Diensten!«

»Scherzkeks«, seufzte Eckermann, dann wandte er sich an mich: »Wir beide, Herr Nickel, sehen jetzt mal nach, wie weit Frau Göke mit dem Lüften ist.«

Fick stellte sich mir in den Weg und hielt die Hand auf. Ich holte mein Handy aus der Tasche und gab es ihm. Er bedankte sich mit einem glücklichen Lächeln wie für ein Weihnachtsgeschenk. Ein echter Witzbold.

In jedem anderen Kaminzimmer hätten nach einer Nacht wie der letzten Staubteilchen in den Sonnenstrahlen geschwebt, auf den Fensterscheiben wären blinde Schlieren zu sehen gewesen, auf den Tischen Ringe von abgestellten Getränken. Nicht so in einem Haushalt, der Anneliese Gökes Obhut anvertraut war. Die Scheiben waren fleckenlos klar, die Tische glänzten, und da bis eben die Fenster offen gestanden hatten, war die Luft kühl und frisch. Im Kamin lagen neue Scheite auf Resten der gestrigen Glut. Sie brannten noch nicht, aber sie knackten bereits viel versprechend. Anneliese legte ihr Wischtuch zu den leeren Gläsern auf ein Tablett, stieß mir vertraulich einen Ellbogen in die Rippen und schloss die Tür hinter sich.

Eckermann sah sich den Stuhl hinter dem kleinen Schreibtisch genau an, bevor er sich setzte. »Ich brauch immer eine gute Sitzgelegenheit«, sagte er, »hab's im Kreuz.« Er klappte seinen Aktenkoffer auf, entnahm ihm ein flaches Keilkissen und legte es auf die Sitzfläche, bevor er sich mit dem Rücken zum Fenster niederließ. Ich setzte mich ihm notgedrungen gegenüber. Nun stellte er den Koffer neben sich auf den Fußboden und holte ein Klemmbrett mit leeren, weißen Papierbögen heraus. Aus der Brusttasche zog er einen Stift. Zuletzt nahm er seine Armbanduhr ab und legte sie so auf den Tisch, dass er das Zifferblatt sehen konnte. »So.« Er nickte mir zu. »Sie sind Komponist und Texter.«

Er wartete. Offenbar war die Feststellung nicht als Einleitung gedacht, sondern als Frage. Ich sagte trotzdem nichts.

»Und seit wann sind Sie Komponist und Texter?«

»Ich weiß es nicht genau.«

Er lachte verblüfft.

»Ich weiß es wirklich nicht. Sehen Sie, die erste Gitarre hab ich mit sieben gekriegt, und sobald ich ein bisschen spielen konnte, hab ich angefangen, mir kleine Melodien auszudenken, manchmal auch Texte dazu. Oder umgekehrt. Wann es wirklich ernsthaft losging, kann ich nicht sagen.«

Er klopfte mit dem Stift aufs Papier. »Ich hab mehr daran gedacht, wann Sie angefangen haben, Ihr Geld damit zu verdienen.«

»Weiß ich auch nicht genau. Ich war in vielen Bands, da gab's mal eine Gage, mal nicht. Ich hab gespielt und geschrieben und nebenher gejobbt – oder umgekehrt. Bis das Songschreiben irgendwann was gebracht hat. Seitdem mach ich das.«

Er neigte den Kopf zur Seite. »Eine blöde Frage – haben Sie keine Angst, dass Ihnen mal nichts Neues mehr einfällt?«

Die Frage hatte mir tatsächlich schon jeder Blödmann gestellt. »Am Anfang ist man sich nicht so sicher«, sagte ich,

»aber spätestens nach dem fünfzigsten Song denkt man nicht mehr drüber nach. Die Welt liefert einem ja auch jeden Tag neue Eindrücke.«

Er nickte. »Das leuchtet ein. Und … was haben Sie schon so geschrieben? Vielleicht kenne ich was.«

Ich nannte ihm zwei meiner erfolgreicheren Titel. Er kannte beide nicht: »Na ja, wissen Sie, ich hör mehr so … Dixieland.«

Dixieland. Das hatte ich mir fast gedacht.

Anscheinend war der inoffizielle Teil nun beendet, denn Eckermann setzte ein amtliches Gesicht auf. Trotzdem hätte ich darauf wetten können, dass eine Standardfrage auf jeden Fall noch kommen würde, und, schwupp, da war sie auch schon: »Und davon kann man also leben?«

Ich fand es schon immer erstaunlich, zu welcher Taktlosigkeit Menschen fähig sind, die jede Frage nach ihrem eigenen Einkommen als Unverschämtheit empfinden würden. Ich gab meine Standardantwort: »Mal so, mal so. Je nachdem, was man gerade am Laufen hat.«

»Aha. Und wie läuft's so bei Ihnen? Ich meine – haben Sie gerade was am Laufen?«

Ich fing an, mich zu ärgern. Da saß ein satter Beamter mit festem Einkommen, bezahltem Urlaub und Anspruch auf regelmäßige Kuraufenthalte in Bad Bevensen und begutachtete mich wie einen exotischen Affen. »Irgendwas hab ich immer am Laufen«, knurrte ich, »sonst säß' ich nicht hier, sondern auf dem Flur im Sozialamt.«

Er wartete auf mehr. Na schön. Ich holte tief Luft. »Sie werden sich das nur schwer vorstellen können, Herr … Hauptkommissar – aber ich verdiene nur dann was, wenn ich was leiste und obendrein noch viel Glück habe. Verstehen Sie, ich bin weder im öffentlichen Dienst noch sonst in irgendeinem. Ich bin völlig selbstständig. Ich kriege auch von niemandem Urlaub oder Ferien oder so was. Wenn ich Urlaub machen will, muss ich mir das Geld dafür vorher verdienen, denn wenn ich zwei Wochen nach Mallorca fliege statt zu arbeiten, verdiene ich haarscharf zwei Wochen lang nix. Ok? Und wenn ich zwei Wochen lang krank bin, verdiene ich gleichfalls haarscharf zwei Wochen lang nix. Verrückt, was? Besonders verrückt wird es, wenn ich mal ein halbes Jahr lang oder länger keine Veröffentlichung schaffe, wenn also die Musikindustrie zufällig gerade vor die Hunde geht und keine Songs von mir brauchen kann. Raten Sie mal, was ich dann an Stütze kriege. Ich kriege vom ersten Tag an haargenau – nix. Jetzt wissen Sie, wie das so bei einem selbstständigen Schnulzendichter läuft.«

Hier und da hatten meine Seitenhiebe bei Eckermann bestimmt gesessen, aber er ließ sich nichts anmerken. »Sie sagen ›selbstständig‹, Herr Nickel, haben Sie denn nicht für Herrn Böckelfeld gearbeitet?

»Das schon, aber nicht als Angestellter.«

»Sondern?«

»Als Komponist und Texter eben.«

»Und wie ging das vor sich?«

»Ganz einfach. Ich hab völlig selbstständig Songs geschrieben und aufgenommen, dann hab ich sie ihm angeboten, und wenn er einen wo unterbringen konnte, wurde ein Verlagsvertrag darüber geschlossen. Böckelfeld war schließlich Musikverleger. Hauptsächlich. Außerdem war er noch Promoter und hat sich obendrein Autor, Produzent und sonst wie genannt, aber in der Hauptsache war er Musikverleger.«

»Aha.« Eckermann machte sich eine Notiz auf seinem Klemmbrett. »Demnach haben Sie von ihm für Ihre Musik Geld gekriegt.«

»Im Gegenteil. Er hat vierzig Prozent meiner Tantiemen kassiert.«

»Ach! Dann hätten *Sie ihm* ja Geld gegeben!«

»Ganz recht. Nur, dass das über die GEMA abgerechnet wurde.«

Er kratzte sich mit dem Stift am Kopf. »Lassen wir diese … GEMA-Abrechnung mal beiseite und halten wir fest: Dafür, dass Sie für ihn gearbeitet haben, war er an Ihren Einnahmen beteiligt, richtig?« Er senkte den Kopf und sah mich von unten an: »Wieso geben Sie jemandem Geld dafür, dass Sie für ihn arbeiten? Müssten Sie nicht eigentlich Geld dafür verlangen?«

»Geld verlangen? Als Autor? So einfach ist das nicht. Als Songschreiber müssen Sie Abnehmer für Ihre Arbeiten finden, also müssen Sie sie erst mal anbieten. Dafür war Böckelfeld ein guter Anlaufpunkt, er hatte unzählige Kontakte, jede Menge Einfluss und Verträge mit allen möglichen Künstlern.«

»Verstehe«, sagte Eckermann und sah von seinem Klemmbrett auf, »er hatte also auch Verlagsverträge mit anderen Autoren. Also mit Ihrer Konkurrenz.«

»Das auch, ja, aber mit Künstlern hab ich jetzt mehr Sänger gemeint. Mit denen hat er Produzentenverträge oder Promotionverträge geschlossen.«

»Was heißt denn das jetzt wieder?«

»Promotion bedeutet, dass einer Werbung für einen Künstler macht, indem er ihn ins Fernsehen und in die Presse bringt, um den Plattenverkauf anzukurbeln.«

»Für so was gibt's auch Verträge?«

»Klar. Der Promoter will ja für seine Arbeit eine Honorargarantie.«

»Verstehe. Und der Künstler kriegt eine Promotiongarantie.«

»Das nun nicht gerade.«

»Aber wieso denn nicht, um Himmels willen?!«

»Weil der Promoter gar nicht garantieren *kann*, dass das Fernsehen den Künstler nehmen wird. Ist doch so: Wenn das Fernsehen den Künstler partout scheiße findet, kann der Produzent da gar nichts machen. Sagt der Produzent.«

»Und kassiert sein Geld.«

»Haargenau.«

Eckermanns Gleichmut geriet kurzfristig ins Wanken. Er stocherte wild mit dem Stift in seinem Bart und murmelte: »Verrücktes Geschäft. Völlig irrsinnig.« Dann zeigte er auf mich: »Was war noch das dritte, was er gemacht hat?«

»Produzentenverträge?«

»Ja genau, die meine ich.«

»Ziel und Zweck eines Produzentenvertrages ist eine Plattenproduktion. Bei Böckelfeld hat das meistens so ausgesehen, dass der Künstler erst bei ihm unterschreiben musste, dann wurde er zum Singen ins Studio geschickt, und dann hat Böckelfeld die fertigen Aufnahmen an eine Plattenfirma verkauft.«

Jetzt sah Eckermann Land. Er nickte erfreut und zielte wieder mit dem Stift auf mich: »Und solche Aufnahmen haben Sie für Herrn Böckelfeld in seinem Studio durchgeführt.«

»Ja.«

»Sie waren demnach nicht nur Komponist und Texter, sondern auch … wie nennt man das – Tontechniker?«

»Oh nein. Mit dem Riesenstudio würde ich allein nicht klarkommen. Im Studio war ich Produzent.«

Eckermann stutzte. Ich fügte erklärend hinzu: »Nicht im vertraglichen oder finanziellen Sinn, sondern nur, was die künstlerische Leitung betrifft. Im Tonstudio ist ein Produzent ungefähr so was wie der Regisseur beim Film.«

»Und dafür hat Böckelfeld Sie bezahlt.«

Ich schüttelte den Kopf. »Nein. Passen Sie auf, ich fange einfach mal am anderen Ende an. Gehen wir mal davon aus, ich habe einen neuen Song geschrieben und will, dass er gesungen wird. Was brauche ich?«

»Einen Sänger.«

»Richtig. Und zwar einen Sänger mit einem Plattenvertrag. Und wenn der Song richtig Geld für mich einspielen soll, brauche ich einen möglichst bekannten Sänger, einen Star. Es gibt zwei Kategorien von Stars: einmal die Sorte, die sich ihre Songs selber schreibt. Um die brauche ich mich gar nicht erst zu bemühen. Die zweite Sorte lässt sich zwar alles von anderen schreiben, aber was am Ende produziert wird, entscheidet maßgeblich …«

»… der Produzent?«

»Genau. Der Produzent im vertraglichen Sinne natürlich.«

»Natürlich.«

»Also wende ich mich in der Regel gleich an den Produzenten.«

»An Herrn Böckelfeld.«

»Zum Beispiel.« Ich überging meine Verpflichtung, jeden neuen Song zuerst dem Doktor anzubieten. »Aber Böckelfeld war ja auch noch Musikverleger. Deshalb hat er grundsätzlich nur Titel akzeptiert, die auch gewinnbringend in seinen Verlag gewandert sind.«

»Ah! Jetzt seh' ich klar!« Die blauen Augen blitzten. »Sie haben also die Songs geschrieben und die Aufnahmen gemacht. Die hat Böckelfeld dann an Plattenfirmen verkauft, und was sein Verlag Ihnen an Tantiemen gelassen hat – das war Ihr Verdienst. Richtig?«

»So ungefähr.«

»Klingt für mich, ehrlich gesagt, ein bisschen nach Ausbeutung. Oder?«

Ich zuckte die Achseln.

Er nickte. »Gut, immerhin waren Sie nicht auf einen einzigen Produzenten oder Verleger festgelegt.«

Mir stieg das Blut in die Ohren. Ich sah aus dem Fenster. Glücklicherweise ging Eckermann auf den Punkt nicht weiter ein. Stattdessen sah er auf sein Klemmbrett. »Äh … und wie heißt nun der Tontechniker?«

»Karl Kranz.«

»Jemand von außerhalb?«

»Nein, warum?«

»Weil kein Karl Kranz im Hause ist.«

»Ach so. Nein, Karl ist fest angestellt und wohnt in einer kleinen Wohnung über dem Studio.«

»Moment mal! Der wohnt über dem Studio? Ist der da jetzt?!«

»Ich fürchte nein, weil …«

Eckermann war aber schon auf dem Weg zur Tür und riss sie auf. »Helmut! Hör zu, oben über dem Studio ist eine Wohnung. Schick da sofort einen rauf, und wenn da einer drin ist, will ich den sofort sehen!«

Er warf die Tür wieder zu und marschierte zu seinem Stuhl zurück. »Wieso meinen Sie, dass dieser Karl Kranz nicht da ist?«

»Weil er verschwunden ist. Seit gestern Morgen. Mein Auto auch.«

Eckermann zog scharf die Luft ein. »Warum haben Sie das nicht gleich gesagt?! Der Herr Kranz – ist der bloß nicht zur Arbeit erschienen, oder haben Sie richtig nach ihm gesucht?«

»Richtig gesucht. Aber nicht gefunden.«

»Und nach dem Wagen?«

»Auch.«

»Gestohlen gemeldet?«

»Nein. Ich dachte, Karl hat ihn vielleicht genommen, um eine kleine Tour damit zu machen.«

Der Hauptkommissar legte den Kopf schief und machte ein Gesicht, als hätte ich einen schwachen Witz erzählt. »Kennzeichen? Modell?«

Die Autonummer notierte Eckermann noch stoisch, aber als ich den Wagen beschrieb, knallte er das Klemmbrett auf den Tisch. »Na prost Mahlzeit, ein Leichenwagen. Was so Verrücktes wie der Fall hier hat mir gerade noch gefehlt. Sind die anderen Künstler auch alle wie Sie?« Der Hauptkommissar stand wieder auf und marschierte zur Tür. Diesmal nahm er seine Armbanduhr und das Klemmbrett mit. »Seien Sie so nett und warten Sie hier auf mich, ich bin gleich wieder da.«

Ich stand auf und ging zum Fenster. Draußen schmolz der Schnee, überall tropfte und gluckerte das Tauwasser. Hinter mir fingen mit einem Mal die Holzscheite im Kamin zu brennen an. Ich setzte mich hinüber in einen der Ledersessel, streckte die Beine aus und ordnete meine Gedanken. Jemand hatte Didier umgebracht und mich selbst umzubringen versucht. Und das war bestimmt kein Fremder. Ein Fremder konnte unmöglich gleich zweimal auf mich losgegangen sein. Mir fiel aber nach wie vor kein Grund ein, warum mich jemand hätte umbringen sollen.

Bei Didier sah die Sache anders aus. Wiesegger zum Beispiel war von ihm offenbar so unter Druck gesetzt worden, dass der emotionsgebeutelte Sängermime nicht mal abzureisen wagte – trotz aller Angst. Hatte er nachts im Studio zu einem Befreiungsschlag ausgeholt?

Im Vergleich zu ihm war Pelle gestern ungewöhnlich still gewesen. Oder nein, nicht still – eher trotzig, verstockt. »Wär ich bloß den Blutegel los«, hatte er nachmittags gesagt. Pelle war alles andere als ein heimtückischer Totschläger, aber er war jemand, der fuchsteufelswild werden konnte, wenn ihn einer zu betrügen versuchte – und in seinem zähen, kleinen Körper steckte ein couragiertes Herz.

Schreiner konnte ich nicht einschätzen. Er hatte über seinen Charakter mit keiner Regung Aufschluss gegeben. Immerhin war er in Didiers Geschäfte involviert, und das war allemal für ein Motiv gut.

Die Dörfler konnte man ausschließen. Was hatte Lübbers mit Didiers Geschäften oder seinem Privatleben zu tun? Nichts. Und Anneliese kam nicht in Frage, weil sie in der Nacht gar nicht auf dem Eichenhof gewesen war. Außerdem war Anneliese nun mal Anneliese.

Es gab aber noch Iris. Bringt eine Frau den eigenen Mann um? Unbedingt – die als Erste, würde ein Kriminalist sagen. Was war also von Iris zu halten? Einerseits fürsorgliche Mutter, andererseits notorisch von ihrem Mann betrogen und von Eifersucht zerfressen. Der Blick fiel mir ein, mit dem sie Nina im Studio angesehen hatte, und der Tonfall ihrer Warnung an Didier gestern Abend: »Vorsicht. Du weißt, wozu ich fähig bin.«

Damit kamen also Iris, Wiesegger, Pelle und Schreiner in Frage. Die Gelegenheit zum Mord hatten alle gehabt. Jetzt, dachte ich bitter, stand zwischen mir und der Lösung nur noch die Frage, wer von diesen vieren einen Vorteil von meinem Tod haben konnte. Antwort: keiner. Na, großartig. So weit war ich vorher auch schon gewesen.

Der Hauptkommissar ließ auf sich warten. Das Feuer durchwärmte den Raum. Ich hatte letzte Nacht so gut wie nicht geschlafen, und die Wucht des morgendlichen Geschehens wirkte nach. Meine Lider wurden schwer. Wenn ich aber nachgab und die Augen schloss, erschien jedes Mal sofort das blutige Bild des Erschlagenen, ich sah die durchtränkte Kleidung, die Lache zu seinen Füßen, die rote Jacke, die Mordwaffe, die aus seinem Schädel ragte. In meinen Ohren die blecherne Stimme, sie sucht beharrlich Anteile zu verkaufen, während Wiesegger ruft: »*Ich* muss doch da den Kopf hinhalten! *Ich* muss doch den Kopf hinhalten!«

»Nur über meinen Anwalt«, sagt Pelle, Schreiner macht ein steinernes Gesicht, Lübbers gießt mir Wein ein und Nina presst meine Hand. »Petzi, Pelle und Pingo«, gellt es, »Paulchen, Eiiisenhütchen, Pingoleiiiin, Willileinchen, Petzileiiiin, Ninaleiiiin!«

In meinem Kopf tauchte ein vager Gedanke auf und setzte sich fest. Ich spürte, dass er mit der Lösung zu tun hatte, obwohl er absolut nicht deutlich war oder greifbar; er war mehr ein unangenehm lästiges Etwas wie die Erinnerung an eine störende Scharte im Fingernagel, an einen winzigen Stein im Schuh oder an ein Gesicht, das in der Menge untertaucht, bevor einem der Name dazu einfällt.

»Nickel! Herr Nickel! NICKEL!« Eckermann rüttelte mich am Arm. »Sie haben vielleicht Nerven! Ich kann nur hoffen, dass das der Schlaf des Gerechten ist, den Sie da schlafen.«

»Ein gutes Gewissen ist ein sanftes Ruhekissen«, sagte ich dumpf. Ich erhob mich steif. Wir setzten uns wieder zum Schreibtisch hinüber. Klemmbrett, Armbanduhr, Stift. Er klopfte auf die Tischplatte. »Und? Können wir fortfahren?«

»Meinetwegen.«

Diesmal wollte er wissen, wann, wie und warum ich in Niederholt angekommen war, wann ich dort was getan hatte, mit wem ich gesprochen hatte und worüber. Ich begann damit, dass mir das Benzin ausgegangen war und dass ich zu Fuß weiterlaufen musste. Meine wütende Schilderung der Trecker-Attacke nahm er ohne besondere Regung zur Kenntnis. Am Verlauf des anschließenden Abendessens im Eichenhof zeigte er mehr Interesse. Dann berichtete ich, wie ich am folgenden Morgen mit Karl den Leichenwagen geholt hatte und zu Willis Beerdigung gefahren war. Ganz genau schildern musste ich meine Arbeit mit Nina im Studio – wohl, weil es der spätere Tatort war. Die Schweinestallgeschichte war zu meinem eigenen Erstaunen ziemlich schnell erzählt. Ich hatte erwartet, dass Eckermann jede Menge Fragen dazu stellen würde, doch er stellte nur eine einzige, und die ärgerte mich mehr als alle anderen: »Hatten Sie getrunken?«

Nein, ich hatte nicht *ge*trunken, ich wäre beinahe *er*trunken, weil mich nämlich jemand *ertränken* wollte!

Er nickte nachdenklich, und es dauerte eine Weile, bis er mich zum Weitersprechen aufforderte. Ich erklärte, am nächsten Tag lange geschlafen und mich erholt zu haben, dann auf die erfolglose Suche nach Karl und meinem Auto gegangen zu sein. Ein Problem waren Eckermanns fortwährende Fragen nach der jeweiligen Uhrzeit, denn ich trug keine Uhr, und hätte ich eine getragen, hätte ich garantiert nicht dauernd draufgeguckt. Das passte ihm überhaupt nicht, er hörte nicht auf zu bohren.

Den Trecker-Vorfall im Schnee ließ ich aus, schließlich war uns das Biest ausgewichen. Langsam kam ich mir selbst etwas hysterisch vor. Ich erwähnte nur kurz Ninas und meinen Fußmarsch zu Göke und den Rückweg mit Lübbers zum Eichenhof. Extrem penibel wurde Eckermann, als es um den Abend im Kaminzimmer vor dem Mord ging. Er wollte haarklein berichtet haben, wer wann was gesagt hatte; der Stift hatte mächtig zu tun auf dem Klemmbrett. Selbstverständlich durfte auch die Frage nicht fehlen, um wie viel Uhr genau ich ins Bett gegangen sei. »Ich trage keine Uhr!«, sagte ich zum hundertsten Mal.

Er blieb ungerührt. »Sie sind allein ins Bett gegangen?«

Ich war nahe dran, ihm von Nina zu erzählen, denn dass wir zusammen gewesen waren, bewies schließlich, dass wir beide nichts mit dem Mord zu tun haben konnten. Andererseits hatten wir Fick schon erklärt, wir hätten allein in unseren Betten geschlafen, und wenn Nina dabei blieb, würde ich als Lügner dastehen. Also hielt ich an unserer ersten Version fest.

Von dem Zeitpunkt an, wo ich mein Zimmer am Morgen verlassen hatte, stimmte meine Geschichte wieder, und ich berichtete so ausführlich wie möglich. Ich beschrieb die Situation, die ich vorfand, als ich ins Freie trat, die Stille, die Schneeverwehungen, in denen nicht eine Fußspur zu sehen gewesen war. Ich schilderte, wie ich auf den Spalt in der Studiotür aufmerksam geworden war, wie ich mich hindurchgequetscht und die Rollläden in Gang gesetzt hatte. Von da an fiel mir das Erzählen schwer. Der Geruch war wieder da, das Bild des zerschlagenen Kopfes, das Blut. Ich spürte die Übelkeit wieder in mir hochsteigen, hatte das Gefühl, keine Luft zu bekommen, rieb meine Augen mit den Händen und merkte, dass mein Gesicht schweißnass war.

Eckermann beobachtete mich aufmerksam. Die blauen Augen verrieten nichts. »Und Sie haben außer dem Schalter nichts angefasst?«

Ich schüttelte den Kopf.

»Sie haben auch nicht den Puls gefühlt oder so was?«

Ich verzog angewidert das Gesicht.

»Ok«, sagte Eckermann, »das reicht mir erst mal. Sagen Sie mir nur noch eines: Dieses Ding, diese goldene Hand, was ist das? Eine Skulptur?«

Ich atmete tief, um die Übelkeit zu vertreiben. »Das wissen Sie nicht? Das ist ein Preis. Ein Fernsehpreis, der an erfolgreiche Sänger verliehen wird. Sieht seit Jahren immer gleich aus: eine fast lebensgroße Hand mit einer goldenen Stimmgabel zwischen Daumen und Zeigefinger. Sie ist auf einem kleinen Granitsockel befestigt, auf dem vorne noch ein kleines Schild drauf ist mit dem eingraviertem Verleihungsjahr.«

»Die Stimmgabel haben wir auf dem Fußboden gefunden«, sagte Eckermann nachdenklich, »die ist demnach abgebrochen. Der Sockel war allerdings fest. Und wie. Haben Sie das Ding mal in der Hand gehabt?«

»Jeder im Studio hat es mal in der Hand gehabt. Stand offen da zwischen den goldenen Schallplatten.«

»Wie viel mag es wiegen? Was tippen Sie?«

»Keine Ahnung. Zwei Kilo?«

»Zwei Komma sechs«, sagte Eckermann. »Noch was: Wissen Sie, wem hier eine rote Daunenjacke gehört? Leuchtend rot, Kapuze mit Pelzbesatz, von Hugo Boss?«

Ich nickte. »Böckelfeld.«

»Also seine eigene. Schön, dann nur noch eine Frage …« Statt sie zu stellen, beugte er sich über seinen Aktenkoffer, kramte ein Handy heraus und wählte eine Nummer. »Ich bin jetzt soweit«, teilte er jemandem mit und ließ den Apparat wieder im Koffer verschwinden. »Nur noch eines«, fuhr er fort, »vielleicht können Sie mir eine Auskunft geben. Sie haben von den vielen Verträgen und Geschäften gesprochen, die Herr Böckelfeld gemacht hat. Soweit ich sehen konnte, ist hier im Hause aber kein richtiges Büro, oder?«

»Oh nein, seine Büros sind in Hamburg: Konzertagentur, Promotion, Verlag. Auch sein Anwalt ist da. Außerdem hat er ein Stadthaus in Harvestehude.«

Eckermann pfiff durch die Zähne. »Gibt schlechtere Wohngegenden in Hamburg.« Er hob Stift und Klemmbrett. Ich diktierte ihm Adressen, Telefon- und Faxnummern, soweit ich sie im Kopf hatte. »Hier im Haus«, sagte ich, »gibt es nur das kleine Arbeitszimmer oben. Auf dem Eichenhof hat Böckelfeld immer großen Wert auf private Atmosphäre gelegt. Es sollte locker zugehen, freundschaftlich, behaglich und kreativ. Wer hierher eingeladen wurde, sollte sich als bevorzugter Gast der Familie fühlen.« Ich musste an Iris' Kochkünste denken.

Er hob die Brauen: »Sie lachen?«

»Na ja, die Böckelfelds waren als Gastgeber nicht sehr begabt. Aber funktioniert hat's trotzdem.«

»Was hat funktioniert?«

»Wenn die richtigen Leute zusammen waren, ist die gute Stimmung von selbst gekommen. Dann ist nächtelang geredet und gelacht worden, und oft sind wirklich gute Ideen dabei rausgekommen.«

Eckermann nickte beeindruckt. Damit er keinen zu verklärten Eindruck von der Sache bekam, fügte ich hinzu: »Das waren natürlich immer die besten Gelegenheiten, den einen oder anderen Künstler mal eben ganz freundschaftlich was unterschreiben zu lassen. Die freundschaftliche Unterschrift ist dann nach Hamburg in Böckelfelds Tresor gewandert, und da drin hat sie eine ganz erstaunliche Verbindlichkeit entwickelt.«

Es klopfte, und eine hübsche Blonde streckte den Kopf zur Tür herein. »Jetzt?«

Eckermann nickte erst ihr, dann mir zu, dann machte er sich daran, seine Klemmbrettnotizen abzuschließen. »Bleiben Sie bitte im Haus«, befahl er mir, »ich brauche Sie mit Sicherheit noch.«

Das Mädel legte weiße Vordrucke, ein Stempelkissen und Papiertücher aus. Dann bat sie mich zu sich und griff sich meine Hand. »Einfach locker lassen«, sagte sie. Sie drückte meine Fingerkuppen zuerst einzeln auf das Stempelkissen und rollte sie dann ordentlich auf einem Vordruck ab. Mit den Ergebnissen meiner Linken war sie unzufrieden. »Was ist denn das nur?« Sie sah mich ratlos an. Die Abdrücke sahen wirklich ungewöhnlich aus.

Ich hob die Hand und zeigte die Fingerspitzen. »Ich bin Gitarrist. Da kriegt man harte Schwielen mit tiefen Rillen drin von den Saiten.« Verdrießlich betrachtete ich das schwarze Farbgeschmier.

»Seien Sie froh«, lächelte sie. »Normalerweise machen wir das nicht vor Ort, da müssen die Verdächtigen zu uns in die Stadt!« Sie schrieb meinen Namen und das Datum auf das Blatt, und ich bekam die Papiertücher, um damit die Hände zu säubern.

»Sehen Sie, das war's schon«, sagte sie. »Vielen Dank.«

10. Kapitel

Als ich die Treppe hinaufstieg, saß Fick weisungsgemäß im Flur. Es war vermutlich das erste Mal, dass die knarrenden Rattansessel da oben benutzt wurden. Mit Annelieses Vernehmung musste er fertig sein, denn er befand sich bereits in angeregter Unterhaltung mit Walter Lübbers. Ich ging entschlossen hin, streckte die Hand aus und versuchte einen Ton anzuschlagen, der keinen Widerspruch duldete. »Mein Handy.«

Zu meiner Überraschung nickte der Kommissar liebenswürdig, kramte ohne zu zögern in seiner Aktentasche und förderte mein Telefon zutage.

»Danke«, sagte ich verblüfft.

»Immer zu Diensten, Herr Nickel!«

Er hatte den Apparat offensichtlich von Anneliese kennzeichnen lassen, denn es klebte ein weißes Schildchen daran, auf dem in ihrer ordentlichen Kinderhandschrift *Paul Nickel* stand. Bestimmt hatte Fick meine Kurznachrichten durchgeschnüffelt und das Telefonbuch kopiert. Ich fummelte den Aufkleber ab, schmiss ihn in den Flur und schloss meine Zimmertür hinter mir. Drinnen setzte ich mich aufs Bett und wählte Ninas Nummer. Ich musste mit ihr über unsere Aussagen zur letzten Nacht sprechen. Es klingelte nur einmal, dann wurde abgehoben. »Hallo«, sagte ich leise.

»Hallo, Herr Nickel!«, sagte Fick am anderen Ende beschwingt.

Na, klasse. Ich hatte es doch im Voraus gewusst – wieso hatte ich es trotzdem probieren müssen?!

»Mal abgesehen davon, dass ich mich frage, ob die Polizei so mir nichts, dir nichts Telefone beschlagnahmen darf«, schnappte ich böse, »was fällt Ihnen eigentlich ein, fremde Privatgespräche anzunehmen?!«

»Aber ich wusste doch, dass Sie es sind, lieber Herr Nickel!«, flötete Fick. »Ich bin übrigens gerade auf dem Sprung, Frau Simon zum Gespräch mit Herrn Eckermann zu bitten und werde ihr bei der Gelegenheit ihr Handy zurückgeben.«

Arschloch. Ich legte auf. Ausgerechnet vor ihm hatte ich mich zum Deppen machen müssen. Ich hätte mich ohrfeigen können. Überhaupt – wie konnte ich die Polizei zu einer Leiche rufen und dann so blöd sein, mein Alibi für die Mordnacht in den Wind zu schlagen? Was hatte mich zu dieser bescheuerten Galanterie veranlasst, für wen hatte ich mich gehalten, für Cary Grant?

Ich stand auf und ging ins Bad. Die Stempelfarbe widerstand selbst der Nagelbürste. Mein Gesicht im Spiegel wirkte verkrampft. Seit meiner Ankunft in Niederholt war ich voller Empörung über die Bedrohung und über die Gewalt gewesen, denen ich mich ausgesetzt sah, und nun stand ich womöglich selbst als Gewalttäter unter Verdacht. Meine Fußspuren führten ins Studio, überall am Tatort mussten meine auffälligen Fingerabdrücke sein. Ich trocknete mir die Hände ab und schmierte den Rest der Stempelfarbe wütend ans Handtuch. Was war das Letzte gewesen, das ich abends zu Didier gesagt hatte? »Wenn einer den Kessel zu sehr unter Druck setzt, dann kriegt er früher oder später den Deckel in die Fresse.« Eine eindeutige Drohung. Großartig. Fehlte nur noch, dass Pelle und Wiesegger aussagten, dass Didier *mir* die rote Jacke am Tag vor dem Mord gegeben hatte.

Allerdings … musste ein Mordverdächtiger nicht auch ein Motiv haben? Ich begann, auf und ab zu gehen. Nein, ein Motiv hatte ich nicht. Der Knebelvertrag, der mich zwang, jeden neuen Titel zuerst Didier anzubieten, war misslich, aber ganz bestimmt kein Grund für einen Mord – da hatte der Doktor andere schlimmer in der Zange. Außerdem wusste Eckermann gar nichts davon. Was aber, wenn sie nun Didiers Büros durchwühlten? Dann mussten sie früher oder später darauf stoßen. Verflucht noch mal, hätte ich bloß alle Karten gleich offen auf den Tisch gelegt!

Jäh schoss mir noch eine Frage ins Bewusstsein, die durch das schreckliche Ereignis bis dahin verdrängt gewesen war: Wie würde es eigentlich jetzt, nach Didiers Tod, mit meiner Single weitergehen?! Mein Puls beschleunigte sich. Der Doktor hatte den Titel als seinen ausgegeben, aber den Amis würde es egal sein, wer der Urheber war, solange ihnen der Song das einbrachte, was ihnen zustand. Die waren an Didiers Verlagsrechten beteiligt und würden an den Plattenverkäufen und Downloads verdienen. Für mich war jetzt entscheidend, wer Didiers Geschäfte übernahm. Das konnte eigentlich nur Iris sein – aber die wusste wahrscheinlich gar nichts davon, dass es mein Song war! Die würde mich achtkantig rausschmeißen, wenn ich ihr mit irgendwelchen Ansprüchen kam. Konnte ich meine Urheberschaft beweisen? Ich hatte meine Textentwürfe und die Sicherungskopien der ersten Aufnahmen noch zu Hause, aber würde das reichen? Wenn es um richtig viel Geld ging, würde Iris jeden Cent mit Zähnen und Klauen verteidigen. Und ich hatte nicht mal Geld für einen Anwalt.

Das traf mich wie ein Hammer. Ich musste mich wieder aufs Bett setzen. Mit Reinfällen dieser Art hatte ich üble Erfahrungen. Bestohlen und enttäuscht zu werden war nicht neu für mich. Der erste Augenblick war fast noch der leichteste. Man ließ die kalte Dusche wie betäubt über sich hinwegrinnen und zuckte die Achseln. Aber was folgte, wenn der Schock Stunden später nachließ, war bittere, ohnmächtige Niedergeschlagenheit. Ich machte keinen Versuch, die Taubheit abzuschütteln, saß lange Zeit nur so da und sah zu, wie das Zimmer allmählich im Dämmerlicht versank.

Als es an die Tür klopfte, war es stockfinster. Ich machte Licht und öffnete. Anneliese brachte ein Tablett mit belegten Broten und Bier. Sie hatte wohl gehofft, ein paar Worte mit mir wechseln zu können, bevor sie sich wieder auf den Weg zur Arbeit ins Dorf machen musste, aber kaum hatte ich ihr das Tablett abgenommen, erschien Ficks vergnügtes Grinsen hinter ihr. So warf sie nur einen Blick zum Himmel, sagte »Guten Appetit auch« und verschwand wieder.

Ich öffnete die Bierflasche, zog die Schuhe aus und legte mich hin. Mir wurde ein Geräusch bewusst, das ich schon die ganze Zeit gehört haben musste: entferntes Hundebellen. Kein zusammenhängendes Gebell, sondern einzelne, tiefe Töne mit langen Abständen dazwischen. Bruno, dachte ich. Je nachdem, wie der Wind stand, klang es mal lauter, mal leiser, manchmal war es ganz weg. Trotzdem wirkte es so regelmäßig wie der Pendelschlag eines Regulators.

* * *

Zuerst wusste ich nicht, wo ich mich befand. Als ich mich aufrichtete, polterte etwas zu Boden und rollte unters Bett. Die Bierflasche, ah ja. Ich war in meinen Kleidern eingeschlafen. Schlagartig war alles wieder da: das grausige Bild der Leiche, der ekelhafte Blutgeruch, die bohrenden Fragen, die Erkenntnis, dass meine Erfolgshoffnungen mal wieder zunichte gemacht waren. Ich hatte das Gefühl, ich müsse ersticken.

Raus hier, dachte ich.

Ich tastete nach meinem Handy. Es zeigte fünf Uhr früh. Und da war noch etwas: das Bellen, immer noch stetig und unnachgiebig.

Ich schwang die Beine aus dem Bett und suchte mit den Füßen nach meinen Schuhen. Dann entschied ich mich anders und zog die Moonboots an. Ohne Licht zu machen, wühlte ich ein T-Shirt aus der Reisetasche, zog ein Sweatshirt an und noch einen dicken Pullover darüber. Das Handy machte ich aus und steckte es ein.

Als ich leise die Tür öffnete, fiel ein schwacher Lichtschein aus dem Korridor ins Zimmer. Ich spähte um die Ecke und rechnete mit Ficks Grinsen. Auf einem der Rattansessel saß tatsächlich jemand, aber es war nicht Fick, sondern ein junger Mann, den ich noch nie gesehen hatte. Er hatte ein Kreuzworträtselheftchen auf dem Schoß, seine Rechte hielt einen Bleistift, aber sein Kopf war tief auf die Brust gesunken, und sein Atem war ganz regelmäßig. »Bleiben Sie im Haus«, hatte Eckermann mir befohlen. Im Haus war ich ja noch. Ich konnte jederzeit sagen, ich sei nur auf dem Weg in die Küche. Ich trat in den Flur, hielt die Luft an und schloss die Tür hinter mir.

Während ich langsam an dem Mann vorbeiging, vermied ich jedes unnötige Geräusch; gleichzeitig versuchte ich, eine lässige, unverdächtige Haltung einzunehmen für den Fall, dass er aufschreckte und mich sah. Bei jedem meiner Schritte knackten die Dielen unter dem Laminat, aber der Aufpasser rührte sich nicht. Dabei hatte ich das Gefühl, als müsse ihn schon mein lautes Herzklopfen wecken. Die alte Holztreppe hatte Didier durch eine hässliche Metallkonstruktion ersetzen lassen. Nur die Moonboots knirschten leise, als ich hinunterging. In der Halle blieb ich stehen und lauschte. Das regelmäßige Atmen war noch immer von oben zu hören.

Als größeres Hindernis erwies sich die Haustür. Nicht nur, dass das Schloss laut ächzte, als ich den schmiedeeisernen Griff herunterdrückte – sie war abgeschlossen. Lautlos fluchend bewegte ich mich hinüber zum Esszimmer. Ich konnte nicht mehr feststellen, ob der Beamte oben noch ruhig atmete. Das Blut rauschte jetzt zu laut in meinen Ohren. Ich zog die Esszimmertür hinter mir zu. Dieser Raum besaß eine große, zweiflügelige Glastür nach draußen. Auch sie war verschlossen, aber zu meiner Erleichterung steckte der Schlüssel in der Fensterolive. Ein Klick, und ich war im Freien. Der Türflügel ließ sich von außen nicht richtig schließen. Ich lehnte ihn an, so gut es ging, und entspannte mich.

Die Luft war feucht und kalt, aber sie roch frisch, nach Erde und Laub. Das hatte ich gebraucht. Jetzt ging es mir besser. Vom Dorf her waren die Autos der frühen Pendler zu hören. Und da war auch das Bellen. Ich versuchte herauszufinden, woher es kam, aber das war wegen der langen Pausen nicht leicht. Das Studio war mit einem farbigen Klebestreifen versiegelt. Auch der Lakaieneingang auf der Rückseite war zugeklebt. Erst schien mir das Gebell aus der Gegend des Dorfes zu kommen, sodass ich diese Richtung einschlug, doch als ich dann Willis alten Wohnschuppen erreichte, ging mir auf, dass ich demselben Weg durch den Wald folgen musste, den ich schon vorgestern mit Bruno gegangen war.

Das Laufen war schwierig. Der Boden war an der Oberfläche nicht mehr gefroren, sondern aufgeweicht. In den Fahrspuren standen überall tiefe Pfützen, die im Dunkeln kaum auszumachen waren. In der Mitte des Weges und an den Rändern war es extrem rutschig. Die Moonboots waren doch keine gute Wahl gewesen. Sie begannen, Wasser zu ziehen, hingen wie Blei an meinen Füßen und sogen sich bei jedem Schritt in der Matsche fest. Trotzdem war ich froh, der Enge des Zimmers und den beklemmenden Fragen entkommen zu sein. Jedes Mal, wenn ich stehen bleiben und einen der Stiefel aus dem Schlamm ziehen musste, lauschte ich und vergewisserte mich, dass ich mich dem Hund tatsächlich näherte, außerdem wollte ich mich nicht noch einmal überrumpeln und niederschlagen lassen.

Die letzte Wegstrecke wurde einfacher. Hier, in unmittelbarer Nähe des Wassers, hatte man die Fahrbahn gründlich schottern müssen, um sie überhaupt befahrbar zu machen. Dann sah ich den Hund. Er saß dicht am Ufer, dem See zugewandt. Sein schwarzer Umriss hob sich schwach von der Wasserfläche ab.

»Bruno!«

Er sprang auf und wedelte wild mit dem Schwanz. Seine Vorderpfoten tanzten, doch er rührte sich nicht von der Stelle. Erst als ich direkt neben ihm war, drehte er sich kurz zu mir um und presste den riesigen Kopf an mich, dann wandte er sich sofort wieder dem See zu. Das Gebell wurde zu einem erregten Stakkato. Ich erkannte, was der Hund meinte. Direkt vor uns im Uferbereich schwamm auf dem Wasser ein großer Ölfleck.

* * *

Eine Zeit lang kletterte ich auf der niedrigen Uferböschung herum, kniete mich hin und versuchte, ins Wasser zu spähen, was wahrscheinlich selbst bei Tageslicht aussichtslos gewesen wäre. Bruno begann wieder zu bellen.

»Ruhig«, beschwichtigte ich ihn, »ist ja gut, mein Großer! Sei ruhig!«

»Guten Morgen, Herr Nickel«, sagte eine Stimme.

Ich drehte mich um und sah ins grelle Licht einer Taschenlampe. Ich hatte das Gefühl, in mich zusammenzusinken wie ein Ballon, aus dem die Luft entweicht. »Der Hund hat gebellt«, sagte ich einfältig.

Eckermann antwortete nicht. Ohne mich aus dem Lichtkegel zu entlassen, sprach er ein paar Worte in sein Handy und steckte es wieder weg. Dann leuchtete er die Gegend ab. Brunos Augen erschienen als rote Reflexe, hinter dem Hund schillerte die Öllache. »Was machen Sie hier? Wieso sind Sie nicht im Haus geblieben?«

»Der Hund hat die ganze Nacht gebellt, da bin ich nachsehen gegangen.«

»Sie haben gegen meine ausdrückliche Anweisung das Haus verlassen und sind im Stockfinstern durch den Wald gestolpert, bloß um mal eben nachzusehen, warum der Hund bellt? Was soll der Quatsch?« Er war stinksauer. »Was erzählen Sie mir da für einen Mist? Wollen Sie mich provozieren?« Er fuhr mit dem Lichtstrahl auf dem Ölfleck hin und her. »Was ist das?«

»Ich hab keine Ahnung«, log ich. Ich hatte sehr wohl eine Ahnung.

Ein Wagen näherte sich im Wald, man konnte am Motorgeräusch hören, wie er mit den Schlammlöchern zu kämpfen hatte. Schließlich schwankten zwei runde Scheinwerfer zwischen den Bäumen hervor, und dann hielt ein grün-weißer Polizei-Mercedes neben uns: ein betagter, hochbeiniger Geländewagen mit Kuhfänger und Blaulicht auf dem Dach. Als die Tür aufging, erkannte ich Helmut Fick im Schein der Innenbeleuchtung.

Er stieg aus, knipste ebenfalls eine Taschenlampe an und leuchtete mir damit in die Augen. »Ein früher Vogel, wie? Konnten Sie uns nicht ein winziges bisschen länger schlafen lassen?«

Er ging zu Eckermann hinüber. Die beiden Polizisten sprachen leise miteinander und beleuchteten abwechselnd die Ölfläche und mich. Dann führte Fick ein Telefonat. Anschließend schien er Eckermann von etwas überzeugen zu wollen, der war skeptisch.

»Jetzt glaub's mir schon«, sagte Fick, »die Leute sind gut, ich kenne die! Der eine ist sogar ein Kollege. Die können das, und vor allem können die in zehn Minuten hier sein! Wenn wir auf die Hamburger warten, dauert das ewig!«

»Also schön, von mir aus.« Eckermann deutete mit einer Kopfbewegung auf mich. »Setz ihn in den Wagen.«

Fick winkte mich zu dem Mercedes und hielt mir die hintere Tür auf. Drinnen war es warm und trocken. Ich zog die nassen Moonboots aus und richtete mich mit angezogenen Beinen auf dem Rücksitz ein.

Draußen begann Fick wieder zu telefonieren, während Eckermann nachdenklich am Wasser auf- und abging. Dann standen beide schweigend, die Hände in den Manteltaschen, nebeneinander und warteten. Die Morgendämmerung setzte ein. Bruno hatte zu bellen aufgehört, blieb aber auf seinem Platz. Die Polizisten beachtete er nicht, starrte nur aufs Wasser. Nach und nach erschienen die Umrisse der Bäume vor einem Himmel voller bleigrauer Wolken. Am Waldrand und in den Winkeln der Uferböschung zeigten schmutzigweiße Reste an, wo die größten Schneewehen gewesen waren. Der dümpelnde Ölfleck schillerte jetzt in den Regenbogenfarben.

In meinem ganzen Leben war mir noch nie eine Situation so unwirklich vorgekommen. Das Schlimmste, was ich mir bis dahin hatte zuschulden kommen lassen, waren ein paar Strafzettel wegen Falschparkens gewesen. Ich war als unbescholtener Musiker in der Erwartung großartiger Nachrichten nach Niederholt aufgebrochen und dann fast umgebracht worden. Ich hatte meinen Verleger als entstellte Leiche aufgefunden, hatte die Polizei belogen, war ausgerissen und konnte mich jetzt vermutlich getrost als verhaftet betrachten. Mit Entsetzen dachte ich daran, was aus dem See ans Licht kommen würde.

Hinter mir hupte es. Ein weiterer Geländewagen, ein leuchtend blauer Mitsubishi. Ich hatte ihn schon oft gesehen. Er war normalerweise mitten im Dorf geparkt und irritierte den Durchgangsverkehr mit der knalligen Aufschrift *Sharkfin Tauchclub Niederholt*.

Ich hatte bei Göke mal ein paar boshafte Bemerkungen über die Tauchbasis Lüneburger Heide gemacht, aber Karl hatte abgewiegelt: »Naa, Paul, die Schoakfins san schon ok. Taucher gibt's net nur in Benidorm; zum Tauchenlernen brauchst doch nix wie a ganz normales Schwimmbad, und nachher fahrst mit dem Club nach Fehmarn zum Grillen oder fliegst auf die Malediven. Das ist allweil besser wie im Dorf vor Langeweile verreckt.«

Aus dem Mitsubishi stiegen zwei kräftige Männer. Sie gingen auf Fick zu und schüttelten ihm die Hand. Offenbar kannten sie ihn. Eckermann begrüßten sie respektvoll. Sie ließen sich den Ölteppich zeigen, dann verschwanden sie hinter ihrem Wagen, um wenig später in dunklen Neoprenanzügen wieder zu erscheinen. Spätestens jetzt wäre mir mein Spott über die Lüneburger Heidetaucher ohnehin vergangen, denn die beiden hantierten äußerst routiniert mit ihrer Ausrüstung: Nitroxflaschen, Taucheruhren, Unterwasserleuchten. Jeder Griff saß. Sie gaben einander ein Handzeichen und ließen sich ohne zu zögern in das ölige, kalte Wasser gleiten. Ich stellte mich auf längeres Warten ein, aber es dauerte keine fünf Minuten, da schossen sie schon wieder an die Oberfläche.

Von Routine konnte jetzt allerdings keine Rede mehr sein. Schon im Wasser war beiden die Aufregung anzumerken. Am Ufer nahmen sie sofort ihre Masken und Kopfhauben ab und unterrichteten die Polizisten heftig gestikulierend über das Ergebnis ihres Tauchgangs. Eckermann und Fick sahen zu mir herüber.

Die vier Männer diskutierten ausgiebig, was weiter zu tun sei. Zwischendurch wurde telefoniert. Schließlich trennte man sich mit einem Händedruck. Fick schlug den beiden Tauchern anerkennend auf die Schulter. Die Polizisten stiegen zu mir in den Mercedes, ohne mich eines Wortes zu würdigen. Fick startete den Motor und wendete. Bruno saß noch immer unbewegt auf seinem Platz.

Eckermann grüßte die Taucher im Vorbeifahren, indem er auf militärische Weise zwei Finger an die Schläfe legte. Zu Fick sagte er: »Der Unimog kommt?«

Fick nickte.

Dann herrschte Stille im Wagen. Eckermann sprach erst wieder, als wir vor dem Eichenhof hielten. Dort stieg er aus und öffnete mir den Schlag. »Kommen Sie bitte, Herr Nickel. Sie werden mir jetzt einiges erzählen müssen.«

Ich zog notgedrungen die nassen Boots wieder an. Als wir zu dritt die Stufen zum Eingang hinaufstiegen, blitzte es plötzlich. Wir sahen uns um, und es blitzte wieder. Auf dem kleinen Parkplatz zwischen den Autos stand ein Mann mit einer Kamera.

Eckermann warf sich wütend gegen die Haustür und stürmte hinein. »Verdammt und zugenäht, das hat mir gerade noch gefehlt, dass diese Pest hier auftaucht!«

Er knallte die Tür hinter uns zu und starrte mich an. »Ich möchte bloß wissen, wer die verfluchte Presse informiert hat!«

»Ich bestimmt nicht«, starrte ich zurück. »Außer mit Ihnen beiden hab ich seit gestern Mittag nur mit einem Neufundländer gesprochen.«

»Vielleicht haben Sie ja telefoniert.«

»Ach was, jeder in Niederholt kann das getan haben. Wenn der Klatsch einmal unterwegs ist, weiß doch gleich das ganze Dorf Bescheid.«

Hinter Eckermanns Rücken erschien Anneliese in der Esszimmertür. Sie hatte schuldbewusst die Linke vor den Mund geschlagen und wedelte aufgeregt mit der Rechten.

Trotz meiner misslichen Lage musste ich grinsen.

Eckermann fuhr herum, aber da war Anneliese schon angelegentlich mit dem Frühstückstisch beschäftigt.

»Na schön.« Die blauen Augen musterten mich frostig. »Ich darf Sie dann zur Vernehmung bitten.« Er marschierte ins Kaminzimmer. Dort blieb er vor dem Schreibtisch stehen. »Setzen Sie sich.«

Die Moonboots quietschten vor Nässe, als ich Kurs auf einen der Sessel nahm. Ich zog sie umständlich aus und wappnete mich dabei im Geiste gegen die unvermeidlichen Fragen über meinen Ausflug zum See.

Eckermann wartete, bis ich fertig war, dann kam es kurz und trocken: »Waren Sie durch irgendeinen Vertrag fest an Herrn Böckelfeld als Musikverleger gebunden?«

Mir fiel der Unterkiefer runter. »Wie kommen Sie denn darauf?«

»Bitte antworten Sie auf meine Frage.«

Woher wusste Eckermann von dem Knebelvertrag? Oder wusste er es gar nicht, sondern vermutete es nur? Ich wich aus: »Wie meinen Sie das – fest gebunden?«

»Sie wissen schon, wie ich das meine.«

Nein, er konnte es unmöglich schon wissen. Das Papier lag in Böckelfelds Tresor in Hamburg. »Sie meinen vermutlich so was wie einen Exklusivvertrag?«

»Nennen Sie es, wie Sie wollen.«

Mir schwante, wie er darauf kam. Er hatte inzwischen nicht nur Nina vernommen, sondern auch Wiesegger und Pelle. Im Gegensatz zu mir waren die beiden wahrscheinlich klug genug gewesen, offen über ihre leidigen Verpflichtungen zu reden. Ich entschloss mich, es ihnen gleichzutun. »Es gibt einen Exklusivvertrag, ja.«

»Also doch.«

»Das hab ich ja nie bestritten!«

»Oh doch.« Er griff hinter sich, nahm sein Klemmbrett und blätterte. »Sie haben mich bewusst in dem Glauben gelassen, Sie hätten völlig frei wählen können, wem Sie Ihre Arbeiten anbieten.«

»Schön, ok, das konnte ich so natürlich nicht. Zuerst musste ich mit jedem Titel immer zu Böckelfeld.«

»Und das war Ihnen natürlich lästig.«

»Lästig, ja, aber nur lästig eben.«

»Er konnte Ihnen seine Bedingungen diktieren, oder? War das kein Nachteil für Sie?«

»Doch, schon.«

»Sie fühlten sich also von Herrn Böckelfeld benachteiligt.«

»Nein.«

»Nein?«

»Na ja, doch, in manchen Fällen schon, aber so ist nun mal das Geschäft!« Meine Handflächen waren feucht. Ich widerstand der Versuchung, sie an den Jeans abzuwischen, zog stattdessen die Beine an und massierte meine eiskalten Füße. »Als Schreiber ist man immer am kürzeren Hebel, da ist man automatisch benachteiligt!«

»Und das wurde Ihnen unerträglich.«

Ich ärgerte mich über die Plumpheit, mit der er mich in die Ecke zu drängen versuchte. »Es *war* unerträglich! Es ist *immer* unerträglich! Böckelfeld selbst war unerträglich! Aber wenn ich jedem, der in der Branche unerträglich ist, gleich den Schädel spalten wollte, müsste ich von morgens bis abends Amok laufen! Diesen Schwachsinn können Sie unmöglich ernst meinen!«

»Oh, für mich ist Mord etwas außerordentlich Ernstes. Da fällt mir was ein: Diese rote Daunenjacke – Sie haben gesagt, dass die Herrn Böckelfeld gehörte, richtig?«

Ich zuckte zusammen. Sie hatten es ihm erzählt. »Richtig. Ich habe gesagt, sie *gehörte* ihm. Ich habe nicht gesagt, dass er sie getragen hat!«

»Und wer hat sie zuletzt getragen?«

»Das weiß ich nicht.«

»Nicht?«

»Nein!«

»Stimmt es nicht, dass *Sie* sie getragen haben? Dass Herr Böckelfeld Ihnen die Jacke am Tag vor der Mordnacht geliehen hat?«

»Doch, das stimmt, aber ich habe sie abends in der Halle unten liegen lassen. Da kann sie sich jeder genommen haben!«

Eckermann schwieg einen Moment. Dann sagte er sehr leise und deutlich: »So, jetzt passen Sie bitte mal gut auf, Herr Nickel. Ich habe Ihnen gerade erklärt, dass Mord für mich eine ernste Sache ist. Viel zu ernst, als dass ich mich mit dummen Ausflüchten abgeben möchte. Folgendes steht fest: Günther Böckelfeld hatte Sie vertraglich in der Hand. Sie geben das zu, und mehrere Zeugen haben ausgesagt, dass er Sie noch vorgestern Abend ausdrücklich an Ihre ›Abmachung‹ erinnert hat. Daraufhin haben Sie ihm damit gedroht, dass ihm bald was ›in die Fresse fliegen‹ würde, und nur ein paar Stunden später saß er mit eingeschlagenem Gesicht in seinem Sessel, tot, ermordet – und vor seinen Füßen lag blutgetränkt die Jacke, die *Sie* getragen hatten. Die Bestätigung, dass der Tatort und die Tatwaffe mit Ihren Fingerabdrücken übersät sind, werden wir noch heute in Händen haben, davon können Sie ausgehen. Das sind die Fakten. Seien Sie also bitte so freundlich und verschonen Sie mich mit albernen Wortklaubereien und kindischen Ausreden, denn die sind unangemessen, würdelos und peinlich. Haben Sie mich verstanden?«

Mein Mund war auf einmal trocken. Ich schluckte und wollte etwas sagen, aber es kam nichts heraus. Eckermann hielt mir sein Klemmbrett vor die Nase. »Ist das Ihre Autonummer?«

Ich nickte.

Er beugte sich zu mir herunter und näherte sein Gesicht dem meinen. Die blauen Augen stachen in meine. Er flüsterte fast: »Sie haben heute Morgen gegen meine Anweisung das Haus verlassen. Wieso? Hatten Sie Angst, der Hund könnte Sie verraten?«

»Was?!« Ich war fassungslos. »Mich verraten?!«

»Sie wissen genau, was da im Wasser liegt.«

»Ich kann es mir denken.«

»Sie wissen es.« Er richtete sich wieder auf und nickte fast mitleidig. »Ich werde Sie nachher wieder mit zum See nehmen. Glauben Sie, Sie stehen das durch?«

Mir war übel. Ich fror. »Ich möchte mich umziehen.«

Er breitete die Arme aus. »Bitte sehr. Sie dürfen nach oben gehen. Sie dürfen sogar unten frühstücken. Ich lasse Sie dann holen.«

Ich erhob mich steifbeinig. Die nassen Stiefel in der Hand, stand ich dem Hauptkommissar gegenüber. »Ich war in der Mordnacht mit Nina Simon zusammen.«

Er senkte ernst den Kopf. »In welcher? Frau Simon scheint in keiner was davon bemerkt zu haben.«

11. Kapitel

Nina reagierte nicht auf mein Klopfen. Sie öffnete erst, als ich ihren Namen rief. Sie war angezogen, aber ihre Haare standen in alle Richtungen, ihre Augen waren gerötet.

»Paul! Du siehst völlig fertig aus!«

»Ich weiß.« Ich war kurz in meinem Zimmer gewesen, aber die flüchtige Morgentoilette hatte mich nicht nennenswert verschönert. Bis auf die Ringe unter den Augen war mein Gesicht grauweiß. Wenigstens hatte ich wieder trockene Schuhc an.

Nina zog mich ins Zimmer und schloss die Tür. »Mir geht's auch nicht gut. Ich hab kein bisschen geschlafen. Dieser Bulle mit dem Bart ist total wahnsinnig. Sag mal, hast du ihm gesagt, dass wir in der Nacht, als ... als es passiert ist – hast du ihm gesagt, dass du da bei mir warst?«

»Ja. Er glaubt es nicht. Weißt du warum?«

Sie sah zur Seite. »Ich ... hab gesagt, dass ich alleine war. Ich hab dir doch erzählt, dass ich diese Scheidung am Laufen hab, und wenn da auch nur der Hauch eines Beweises auftaucht, dass ich mit jemand anderem zusammen war, Paul, dann geh ich leer aus, verstehst du?«

»Ja, hab ich verstanden«, sagte ich und wandte mich zur Tür.

»Halt, Paul, warte doch mal! Kannst du dir denn nicht vorstellen, was das für mich bedeutet? Außerdem, überleg doch mal: Ich hab doch auf die Weise selber auch kein Alibi! Meinst du, ich bin nicht verdächtig!? Mann, dieser Bulle hält es für absolut denkbar, dass ich Günther umgebracht hab, weißt du das?!« Sie stieß ein hysterisches Lachen aus. »Der glaubt wirklich und wahrhaftig, ich könnte einen Menschen umbringen! Er glaubt, ich war rasend vor Wut und Eifersucht und Enttäuschung.«

»Und? Warst du nicht rasend vor Wut und Eifersucht und Enttäuschung?«

»Doch, verdammt! Klar war ich das. Ich hab's dir doch erzählt – ich bin nur wegen Günther hergekommen! Ich war verknallt wie ein Teenager. Bis ich gemerkt hab, was wirklich los war. Ich bin echt ein selten dummes Stück, ich gerate immer wieder in so was rein, ich bin einfach zu emotional für diese Welt!« Sie sah aus dem Fenster.

»Komisch«, sagte ich, »›emotional‹ ist nicht das Attribut, das mir jetzt eben als Erstes eingefallen wär'.« Ich trat in den Flur. »Mach dir keine Sorgen wegen der Polizei. Der Hauptverdächtige bin ich.« Als ich die Tür schloss, sah sie immer noch aus dem Fenster.

* * *

Im Esszimmer herrschte Stille. Die Vorhänge waren zugezogen. Pelle, Wiesegger, Lübbers und Schreiner saßen am Tisch. Jeder schien den Kontakt zu den anderen zu meiden, alle starrten missmutig in ihre Kaffeetassen.

»Hallo«, sagte ich müde.

Wiesegger antworte mit einem theatralischen Leidensblick, Lübbers zog den Kopf zwischen die Schultern, nickte und sah mich an, als seien wir Viertklässler, die auf eine verdiente Strafpredigt warten. Schreiners Gesicht war ausdruckslos wie immer.

»Paul, mein Lieber«, seufzte Pelle, »komm, setz dich her!« Er klopfte auf den Stuhl neben seinem.

»Wieso habt ihr die Vorhänge zu?«, fragte ich ihn.

»Kameras.«

Wiesegger lachte empört auf. »Die haben mich durchs Fenster fotografiert!«

Pelle grinste boshaft. »Ich seh schon die Schlagzeile: *Berthold Wiesegger, der jodelnde Heidemörder*!«

Wiesegger kniff beleidigt die Lippen zusammen.

Pelle lenkte ein. »Na ja, angenehm ist das nicht mit den Spannern da draußen. Die Bullen haben ihnen zwar ein bisschen mit dem Finger gedroht, aber das schreckt doch keine Paparazzi ab. Das hier ist für die doch die Erfüllung aller Träume: eine prominente Leiche, und gleich drei TV-Stars unter Mordverdacht!«

Wiesegger stöhnte, legte den Kopf zurück und bedeckte die Stirn mit dem Handrücken. »Entsetzlich. Ich darf gar nicht daran denken, was das für Folgen haben wird! Ein Mord! Fürs *Musikantenschoberl* bin ich doch gestorben. Und erst die *Samstagabendwette*! Ich darf gar nicht daran denken.«

»Wie bitte?« Pelle sah mich an und schnitt einen Gookie, eine Grimasse, für die einst Harpo Marx berühmt war: Heftig schielend formte er seine Zunge zu einem Wulst, der es ihm ermöglichte, bei geöffnetem Mund die Backen aufzublasen. Wiesegger war pikiert. Der Gookie verwandelte sich wieder in Pelles freundliches Gesicht. »Was reden Sie denn da, Wiesegger! Eine bessere Promotion können Sie sich doch gar nicht wünschen! Spätestens morgen sind Sie in jeder Zeitung auf der ersten Seite, in allen bunten Blättern, in den Fernsehnachrichten! Die Talkshows werden sich um Sie reißen, Ihre Platten werden sich verkaufen, Ihre Gagen werden sich verdoppeln und verdreifachen!«

Wiesegger ließ gedankenvoll den Unterkiefer sinken. »Meinen Sie?«

»Aber ja doch. Es sei denn, Sie sind der Mörder. Dann geht's ab in den Knast.«

»Ach, jetzt hören Sie aber auf! Fangen Sie bloß nicht auch noch an wie dieser fürchterliche … Rübezahlpolizist!«

»Der macht doch nur seinen Job. Und das ist bestimmt nicht einfach bei der Sachlage hier.« Pelle sprach jetzt ganz nüchtern. »Überlegt doch mal: Wer von uns hat denn von Günthers Tod keinen Nutzen? Ich geb' offen zu: Ich fühl mich erleichtert und befreit wie seit Jahren nicht mehr! Das klingt furchtbar, aber so ist es nun mal. Der Mann hatte mich dermaßen im Griff, der hat an meiner Arbeit weit mehr verdient als ich, und für jeden Scheiß musste ich seine Erlaubnis einholen. Erzählt mir nicht, bei euch wär' das anders gewesen!« Er wandte sich Schreiner und Lübbers zu: »Sie beide mein ich jetzt nicht, aber bei uns dreien hier war's doch so!«

Wiesegger hatte wieder die Lippen zusammengekniffen. Er widersprach nicht. Ich sagte: »Da ist natürlich was dran, Pelle. Andererseits – wer weiß, wo wir heute wären ohne den Doktor.«

Pelle hob beide Zeigefinger: »Richtig! Ganz richtig! Günther war ein genialer Promoter. Genial! Das unterschreib ich jederzeit! Wie ich gerade erklärt hab, ist er ja sogar als Leiche noch genial.«

Von der Küchentür her kam ein Räuspern: Anneliese. Neben ihr stand Iris. Pelle schluckte. »O Gott, Iris, entschuldige! Ich wusste nicht, dass du zurück bist!«

»Ist schon ok.« Ihr Gesicht war eine Maske. Ohne ein weiteres Wort ging sie an uns vorbei in die Halle und nahm dort die Tür zu den Didier'schen Privaträumen. Anneliese gab mir derweil mit auffällig unauffälligen Handzeichen zu verstehen, ich möge zu ihr in die Küche kommen. Im Vorbeigehen klopfte ich Pelle auf die Schulter.

Auch in der Wohnküche waren die Vorhänge zugezogen. Sofort machte Anneliese die Tür hinter mir zu und packte mich am Arm: »Du, Paul, weißt du, wer das war, der das im Dorf rumerzählt hat?« Sie schlug wieder die Hand vor den Mund.

»Wie ich dich kenne«, sagte ich, »warst du das.«

»Ja, aber was hätt' ich denn machen sollen, Paul? Die Leute fragen mich doch inner Gaststube aus, was hier los ist! Und ich hab ja nicht mal gewusst, dass ich da nix von sagen darf! Denn hätten die mir das man gleich sagen sollen, dass ich nix sagen darf, denn hätt' ich nämlich auch nix gesagt! Aber nu is das natürlich überall rum! Und ich bin schuld! Wenn das man bloß nicht der Kommissar rauskriegt!«

»Lass ihn doch. Kann dir doch gar nichts passieren. Du hast doch nichts Verbotenes gemacht. Was sollte er dir denn vorwerfen?«

»Na ja, ich weiß nicht.« Sie wurde ruhiger. »Vielleicht, dass ich die Arbeit vonner Polizei irgendwie … dass ich das behindert hab oder so.«

»Quatsch. Wenn Journalisten die Polizeiarbeit behindern, ist das ihre Sache, nicht deine. Du hast die Presse ja nicht mal gerufen. Du hast doch nur im Dorf erzählt, was passiert ist, oder? Dagegen ist nichts zu sagen.«

Sie ließ meinen Arm los. »Meinst du?«

»Ganz sicher.«

»Gott sei Dank! Nämlich, du weißt ja nich', was los ist da draußen. Die schwirr'n da rum wie die Klofliegen und knipsen alles und jeden! Hinter mir waren sie auch schon her – sogar mit'n Mikrofon! Ich bin gerannt, das kann ich dir sagen!«

Bei der Vorstellung musste ich grinsen.

Jetzt lachte auch Anneliese. »Ja, mach du dich bloß noch lustig!« Sie ließ sich auf einen Stuhl fallen. »Du, ich kann mir auch denken, wer das aus'n Dorf rausgetragen hat, Paul: Das war dieser eine, dieser ekelige Edgar Teckel, der manchmal für'n Wittholter Anzeiger schreibt, der war nämlich inner Gaststube, wie ich das erzählt hab, und der wollte alles ganz besonders genau wissen!«

»Dann war er schön blöd, wenn er seine Kenntnisse nicht für sich behalten und genutzt hat. Jetzt weiß die ganze Presse Bescheid.«

»Geschieht ihn recht.« Anneliese war wieder ernst. »Du, Paul, jetzt sag mir aber mal eins: Was meinst du, wer das war? Ich mein jetzt den Mord! Wer macht denn bloß so was, dass ern annern Mensch einfach den Kopf einschlägt?!«

Ich zuckte die Achseln. »Wenn es nach dem Hauptkommissar geht, war ich es.«

Anneliese wurde rot vor Empörung. »Was? Du? Der spinnt doch wohl! Hast du ihn nich' erzählt, dass sie dir selber auf'm Kopf gehau'n haben und im Schweinestall reingeschmissen?«

»Doch. Aber es spricht einiges gegen mich, und ich hab keine Ahnung, wie ich das entkräften soll. Und es kommt vielleicht noch schlimmer.« Ich erzählte ihr von meiner Befürchtung darüber, was aus dem See ans Licht kommen würde. Das war selbst für Anneliese zu viel. Sie faltete beide Hände vor dem Mund, ihre Augen weiteten sich vor Entsetzen.

Wie aufs Stichwort ging die Tür auf, und Fick erschien. »Herr Nickel, es geht los.«

* * *

Am See war ein ganzer Fuhrpark versammelt. Außer dem Geländewagen, mit dem Fick und ich ankamen, hatten es noch ein grünweißer Polizei-Passat und ein Lieferwagen durch den Matsch geschafft. Den Lieferwagen kannte ich;

während der Spurensicherung im Studio hatte er auf dem Eichenhof gestanden, gehörte vermutlich dem Erkennungsdienst. An derselben Stelle wie heute Morgen stand wieder – oder immer noch – der Mitsubishi der beiden Taucher, daneben ein gelber Abschleppwagen. Pressefahrzeuge waren anscheinend ferngehalten worden, aber unter den Bäumen wartete eine ganze Reihe von Kameras mit großen Objektiven. Zwei Uniformierte passten auf, dass die Fotografen blieben, wo sie waren. Am Ufer hatte ein bulliger Unimog mit Kran und Winde Aufstellung genommen. Ein dickes Stahlseil wand sich ins Wasser. Neben dem Unimog stand Eckermann. In einiger Entfernung hielt ein Uniformierter Bruno am Halsband. Als mich der Hund sah, wollte er zu mir, doch der Beamte hatte ihn fest im Griff und kraulte ihn beruhigend. Vielleicht ein Hundeführer – er schien sich auszukennen.

»Kommen Sie«, sagte Fick zu mir, »Sie kriegen einen Logenplatz.«

Während wir zu Eckermann ans Wasser traten, kam einer der Taucher in einer Wolke von Lufblasen an die Oberfläche. Er hielt den Daumen nach oben: »Alles vertäut.«

Der zweite tauchte auf und hielt gleichfalls den Daumen hoch.

»So, Herr Nickel«, sagte Eckermann, »gleich sehen wir mehr.« Er gab ein Zeichen. Der Unimog-Motor startete, die Stahltrosse straffte sich. Wir gingen ein Stück zur Seite. Die Taucher stellten sich zu uns. »Die Böschung ist ganz sachte unten«, sagte der eine, »und der Wagen steht auf seine vier Räder im Schlick wie auf'n Parkplatz. Ich würd' mal sagen, normal muss der jetzt einfach rückwärts hoch rollen. Die Handbremse muss ja lose sein, und wenn ein Gang drin ist, können höchstens die Vorderräder blockieren.«

So war es. Der Unimog hatte keine große Mühe mit der Last. Langsam aber stetig kam die Trosse aus dem Wasser. Als das Heck des Leichenwagens erschien, klickten die Kameras los, und die Fotografen drängten näher. Die Uferböschung bremste die Bergung für einen Augenblick, doch der Mann an der Winde ließ nicht locker; dann tauchten die Hinterräder auf, das Wagendach mit dem Kreuz darauf, die Kühlerhaube, und schließlich stand die ganze Karosse triefend an Land.

Einer der Männer, die im Lieferwagen gewartet hatten, stieg aus und ging prüfend um den Leichenwagen herum. Er trug einen Overall und Gummihandschuhe. Die Fahrerkabine war leer, das konnte man erkennen, aber die Scheiben des Sargraumes mit ihren Palmzweig-Verzierungen waren undurchsichtig. Der Mann sah fragend herüber und deutete auf die Heckklappe.

Eckermann nickte. »Kommen Sie bitte«, forderte er mich auf.

Wir gingen näher. Die Klappe erwies sich als abgeschlossen. Der Mann im Overall spähte durch die Seitenscheibe der Fahrertür. Er zog vorsichtig am Türgriff. Sie öffnete sich, und das Wasser schoss in einem Schwall heraus. Der Mann beugte sich in den Wagen. Dann kam er wieder nach hinten und brachte einen Schlüsselbund mit. Der Schlüsselanhänger bestand aus einer kleinen, verchromten Gitarre mit meinen Initialen. An der Gitarre hingen meine Wohnungsschlüssel, der Schlüssel für den Leichenwagen und ein Studioschlüssel, alle braunfleckig verschmiert.

Das Schloss leistete keinen Widerstand. Der Mann im Overall öffnete die Hecktür zunächst nur einen Spalt und ließ auch hier das Wasser auslaufen. Dann hob er sie ganz. Die Kameras begannen wie wild zu blitzen. Karl lag zusammengekrümmt an der Querwand zur Fahrerkabine. Seine Haut war bläulich weiß und schwammig. Sein Mund stand etwas offen, in seinem flaumigen Schädel klaffte eine große Wunde. Es fiel mir auf einmal schwer, Atem zu holen. In meiner Kehle saß ein quälendes Schluchzen. Eckermann beobachtete mich genau.

* * *

Was folgte, war ein Alptraum. Während der Erkennungsdienst seine Arbeit an meinem Auto und an Karls Leiche aufnahm, forderte mich Eckermann ernst, fast freundlich zu einem Geständnis auf. Derweil schossen die Pressefotografen unzählige Bilder der makabren Szenerie einschließlich meiner Person. Auf dem Eichenhof durchwühlte die Polizei dann mein Zimmer, und ich musste meine Schuhe und sämtliche Kleider abgeben, damit sie auf Blutspuren untersucht werden konnten.

Anneliese brachte mir Unterwäsche, Adiletten und einen Jogginganzug, der mir viel zu groß war. Er gehörte ihrem achtzehnjährigen Sohn. Die entsetzten Gesichter von Pelle und den anderen bekam ich nur von weitem zu sehen. Nina sah verweint aus. Da ich Eckermann nicht mit dem gewünschten Geständnis dienen konnte, wurde ich verhört und verhört und verhört, doch zu Karls Verschwinden konnte ich beim besten Willen nichts Neues sagen. Nein, ich war in der Nacht von Sonntag auf Montag nicht durchnässt ins Haus gekommen, weil ich den Leichenwagen im See versenkt hatte, ich war durchnässt aus dem Schweinestall gekommen. Nein, ich hatte mich nicht mit Karl gestritten oder ihn aus sonst irgendeinem Grund erschlagen. Im Gegenteil – Karl war mein bester Freund gewesen, und es gehörte nicht zu meinen Gewohnheiten, meine Freunde im See zu versenken. Ich war durchnässt ins Haus gekommen, weil mich jemand in den Schweinestall geworfen hatte. Nein, die Beule an meinem Kopf rührte nicht von einer Schlägerei mit Karl her. Ich hatte mich überhaupt noch nie im Leben geschlagen, sondern war niedergeschlagen worden, und dann hatte man mich in den Schweinestall geworfen. »Fragen Sie Pelle Schmitz«, sagte ich, »der hat meine Dreckspur vom Stall bis zum Haus gesehen!« Fragen und Antworten drehten sich endlos im Kreis. Klemmbrett, Stift, Armbanduhr. Wenn Eckermann glaubte, mich bei einer Lüge oder einem Widerspruch ertappt zu haben, bohrte und bohrte er so lange, bis ich selbst nicht mehr wusste, was ich redete. Zwischendurch fragte ich mich, ob mir nicht eigentlich ein Anwalt zustehe, aber dann sagte ich mir, dass der einzige Anwalt, den ich kannte, nur etwas von Vertragsangelegenheiten verstand – und selbst davon nicht viel. Irgendwann abends gab der Hauptkommissar vorerst erbittert auf und schickte mich nach oben.

In meinem Zimmer tigerte ich auf und ab und versuchte aufgebracht, mir darüber klar zu werden, wie ich mich der Situation stellen sollte, wobei mich jedes Mal das heulende Elend packte, wenn ich daran dachte, dass Karl tot war. Im nächsten Moment hätte ich wieder vor Zorn schreien können.

Gegen zwölf merkte ich, dass ich Hunger hatte, und machte mich über das Tablett her, das Anneliese mir hingestellt hatte. Diesmal war keine einzelne Flasche Bier dabei, sondern ein Sechserpack. Ich hätte die Frau küssen können.

Das Essen tat gut. Das hektische Wirbeln meiner Gedanken legte sich ein wenig. Ich schaffte es, mich halbwegs zu konzentrieren. Dass die Polizei mich für den Mörder hielt, war angesichts all der Indizien kein Wunder. Nachdem so vieles dafür zu sprechen schien, dass ich Didier umgebracht hatte, fand sich nun auch noch Karls Leiche in meinem Wagen, eingeschlossen mit meinem Schlüssel und genau dort im See versenkt, wo Eckermann mich am Morgen dabei überrascht hatte, wie ich den bellenden Hund zur Ruhe zu bringen versuchte.

Wenn sich der Täter nicht freundlicherweise selbst stellte, würde ich die Morde statt seiner büßen müssen, denn Eckermann hatte offensichtlich nur einen im Visier: mich. Demnach musste ich schon selbst dafür sorgen, dass der Mörder gefunden wurde.

Was konnte ich also tun? Einen Detektiv beauftragen? Erstens kannte ich noch weniger Detektive als Anwälte, nämlich gar keinen, und zweitens hätte ich auch keinen bezahlen können. Sollte ich selbst ermitteln? Wie sollte ich das anstellen? Wahrscheinlich würden sie mich morgen schon in die Kreisstadt bringen und in eine Zelle stecken. Dann konnte ich nicht mal rumlaufen und den Leuten Fragen stellen. Allerdings hatte ich sowieso keine Ahnung, was für Fragen ich welchen Leuten hätte stellen sollen. Ich war kein Ermittler, ich war Songschreiber.

Ich sehnte mich nach meinem Schreibtisch, an dem ich nur meinem Instinkt zu folgen brauchte. Beim Texten wusste ich immer genau, was ich zu tun hatte, da hatte ich bisher für jedes Problem eine Lösung gefunden. Obwohl ich da zu Anfang auch nie mehr als eine vage Idee hatte, ein Gefühl, eine Erinnerung, vielleicht auch eine Einsicht oder Wahrheit, die mir im Kopf herumging. Wenn ich davon überzeugt war, dass die Sache einen Versuch wert sei, setzte ich mich hin und schrieb einfach alles auf, was mir dazu einfiel – manchmal eine Seite, manchmal zwei oder mehr. Dabei gliederte sich der Stoff jedes Mal fast ohne mein Zutun, die Bilder nahmen wie von selbst Gestalt und Farbe an, und immer ergaben sich dominierende, starke Zeilen, die sich mit ihrer Metrik durchsetzten und einen zwingenden Rhythmus für das Ganze vorgaben.

Mit einem Schlag wurde mir klar: Wenn ich überhaupt eine Chance haben wollte, musste ich jetzt ganz genauso vorgehen. Ich musste alles aufschreiben, was ich gesehen und erlebt hatte – Namen, Farben, Gefühle, Äußerungen, Gesten. Die verworrenen Eindrücke würden sich unter meinen Augen vielleicht ordnen, die bedeutsamen Unscheinbarkeiten würden ganz von selbst in den Vordergrund treten; mein Instinkt würde mich schon nicht trügen. Im Übrigen war da seit meinem Tagtraum im Kaminzimmer immer noch diese Empfindung einer Unstimmigkeit, eines winzigen Stachels, eines Signals, das erkannt werden wollte.

Bevor ich mir die Idee wieder ausreden konnte, ging ich zur Tür und riss sie auf. Dort saß, keine Überraschung, ein neuer Kreuzworträtsellöser und kaute auf seinem Kuli.

»Ich brauche Papier und einen Stift«, sagte ich. »Ich habe viel aufzuschreiben.«

Er reagierte erstaunlich prompt. Als er die Treppe hinunterflitzte, ging mir auch der Grund für seinen Eifer auf: Er dachte sicher, ich wolle ein Geständnis aufsetzen. Schön, sollten sie glauben, was sie wollten. Als er wiederkam, traute ich meinen Augen nicht: Er brachte mir tatsächlich Eckermanns Klemmbrett mit einem frischen Papierstapel drin. Ich dankte dem Mann und klappte ihm die Tür vor der Nase zu.

Als ich zu schreiben anfing, versank auf der Stelle der Rest der Welt. Jetzt war ich in meinem Element. Ich ließ all die aufgestauten Eindrücke einfach fließen. Ich schrieb Willi hin, den tragikomischen Säufer, seine maroden Motoren und seinen Wohnschuppen in den Wiesen, den guten Karl, seine magische technische Begabung und seinen boshaften Humor, meinen Leichenwagen, die neue Autobahn, das Studio, meinen Bridget-Summers-Song, Pelle und seine Erleichterung über die Erlösung von dem quälenden Blutegel, Iris und ihre eisige Eifersucht, Nina, die mich geliebt und verraten hatte, Anneliese mit dem großen Herzen und der noch größeren Klappe, den bleichen Gerd Schreiner und die *Datag Inkasso*, den dicken Heilpädagogen Walter Lübbers, Bruno und sein nächtliches Gebell, den theatralischen Wiesegger, *Göke's Gasthof* – ich schrieb alles nieder, einfach alles.

Zwischendurch musste ich meinen neuen Aufpasser um mehr Papier bitten. Der war inzwischen ebenso im Sessel eingeschlafen wie sein Vorgänger und gar nicht leicht zu wecken, brachte aber dann das Gewünschte. Die vollgeschriebenen Blätter nahm ich jeweils vom Klemmbrett und verteilte sie auf Fensterbänken und Stühlen, auf dem Tisch, dem Bett, dem Waschbecken, dem Fußboden, breitete das ganze Panorama unter meinen Augen aus. Den meisten Platz beanspruchte Dr. Günther Didier-Böckelfeld.

Schon während der Aufzeichnungen sah ich vieles klarer, sah Widersprüche, Ähnlichkeiten, Auffälligkeiten. Es war tatsächlich wie beim Texten: Der Stoff ordnete sich ohne mein Zutun. Ich brauchte nicht mühsam nach Ungereimtheiten zu suchen, ich ließ das Gesamtbild auf mich wirken, betrachtete die Muster, die sich ergaben und folgte meiner Neigung, ein harmonisches Ganzes zu erkennen, einen bestimmenden Rhythmus in der Abfolge der Ereignisse auszumachen. Ich sah mir die Schauplätze an, den Eichenhof, das Dorf, den See, ich betrachtete die Charaktere der Menschen, ihre Geschichten, ihre Ziele, die Art, wie sie sich verhalten und aufeinander reagiert hatten.

Der Schlüssel lag hier, in meinen vollgeschriebenen Blättern, davon war ich überzeugt. Und als ich die Lösung tatsächlich fand, war ich nicht überrascht. Sie kam auch nicht blitzartig. Ich rückte ihr Schritt für Schritt näher, machte mir einen Reim auf den anderen. Und dann war sie schlicht und einfach fertig, und der störende, kleine Splitter in meinem Unterbewusstsein, der mich gequält hatte, war gefunden und gezogen. Ich fühlte mich erleichtert. Als ich auf mein Handy sah, war es sieben Uhr früh.

* * *

Ich sammelte die losen Blätter wieder ein und legte sie auf einen Stapel. Dann trank ich den letzten Schluck Bier und lehnte mich aufatmend zurück. Wie sollte es weitergehen? Ich musste mich zum Denken zwingen, denn ich fühlte mich zwar hellwach und aufgewühlt, doch mein Kopf war der Ansicht, er habe seine Arbeit getan. »Net hängen lassen«, hätte Karl jetzt gesagt. »Brain mode on!«

Also. Wie würde Eckermann reagieren, wenn ich ihm den Mörder nannte? Ich versuchte mir seine Reaktion vorzustellen, was nach den Vernehmungen, die ich hinter mir hatte, nicht schwierig war. Das Ergebnis war wenig ermutigend. Zwar war das Fazit meiner Überlegungen absolut hieb- und stichfest, aber die Erläuterung würde umständlich und hergeholt klingen. Eckermann würde darauf genauso reagieren wie auf meine beharrliche Erklärung, ich sei in den Schweinestall geworfen worden, und alles als ärgerliche, schwache Ausrede abtun. Und Fick würde grinsend den Kopf dazu schütteln.

Einen Moment lang packte mich die Wut. Waren die Bullen nicht eigentlich dazu da, meine Rechte und mein Leben zu schützen? Aber es war natürlich viel einfacher, mich für den Mörder zu halten. Gerechterweise musste ich allerdings zugeben: Erstens sprach viel dafür, und zweitens wussten die Polizisten etwas sehr Wichtiges nicht, das ich wusste: Ich *war nicht* der Mörder.

Ich musste meine Theorie also beweisen. Und dafür brauchte ich Zeit. Bevor der Tanz wieder losging und sie mich womöglich einlochten, musste ich einen todsicheren Plan haben. Diese Einsicht und die vorrückende Uhrzeit brachten mein müdes Hirn wieder in Schwung. Ich griff zum Klemmbrett. Brain mode on.

Auf die linke Seite kam alles, was meine Nachtarbeit an Einsichten ergeben hatte. Wege, Beweise dafür zu beschaffen, kamen in die Spalte rechts daneben. Erst befürchtete ich, dass die ziemlich leer bleiben würde, aber am Ende sah es gar nicht so übel aus. Hier und da würde ich bluffen müssen, aber mit etwas Glück müsste ich genügend Fakten zusammenbekommen. Vorausgesetzt, ich bekam die richtigen Leute ans Telefon.

Jetzt war es kurz nach acht. Eckermann musste bald auf der Matte stehen. Ich schloss die Tür von innen ab. Wenn ich beim Telefonieren gestört wurde, würde ich das Gespräch so wenigstens beenden können, ohne dass jemand zuhörte. Die Reihenfolge, in der ich vorgehen musste, lag auf der Hand.

Nummer eins auf der Liste war Ingo Mombach. Als ich damals anfing, in Bands zu spielen, war er einer von denen gewesen, die sich ständig bei uns hinter der Bühne herumdrückten und uns erzählten, was wir dringend anders machen müssten, was wir anziehen müssten und wie tierisch viel Geld wir machen könnten, wenn er uns managen würde. Er trug immer schwarze Lederjeans, eine schwarze Lederjacke und eine Sonnenbrille, baggerte die Mädels an, wo es ging – aber ansonsten kam von ihm nur heiße Luft. Jetzt war er Chefredakteur beim *Hamburger Kurier* und verdiente wahrscheinlich zehnmal soviel wie ich. Ich konnte nur hoffen, dass er sich noch an mich erinnerte.

Ich rief die Auskunft an und ließ mich mit der Zeitung verbinden. Die Telefonzentrale des *Kuriers* stellte mich anstandslos zur Redaktion durch, wo sich eine nette, weibliche Stimme meldete, die fast begeistert reagierte, als ich meinen Namen nannte und erklärte, von wo ich anrief. Ich durfte mir zwei Minuten lang Mozarts kleine Nachtmusik im Casio-Sound anhören, dann war die nette Stimme wieder da. »Herr Mombach ist nicht am Platz, aber er ist im Haus. Wenn Sie mir Ihre Nummer geben, sorge ich dafür, dass er Sie sofort zurückruft.«

Auf Rückrufe zu warten, ist nie angenehm, aber ich war schon froh, dass Mombach überhaupt um die Zeit in der Redaktion war. Ich hatte mein Handy gerade neben mich aufs Bett gelegt, da summte es auch schon. Mombachs Stimme klang noch genau wie früher, hatte immer noch diesen verschwörerischen Unterton.

»Na so was, der Leichennickel! Lange her, was?! Ich hab gerade eben an dich gedacht!«

»Wieso?«

»Wir haben dich heute im Blatt! Mit Bild.«

»Na super. Und die Schlagzeile? Heidemörder Leichennickel?«

Er lachte. »Nein, keine Chance. Als Hauptverdächtiger bist du zwar ein Thema, aber nur am Rande. Nina Simon und Pelle Schmitz unter einem Dach mit einem Mörder, *das* ist eine Geschichte! Was hat übrigens der Volksmusikheini damit zu tun? Und der Leichenwagen – ist das deiner? Überhaupt, erzähl mal – was ist eigentlich los bei euch da draußen?«

»Deshalb ruf ich an«, sagte ich. »Ich kann dir eine ganze Menge erzählen, aber ich will natürlich eine Gegenleistung dafür.«

Das überraschte ihn nicht. Er war nur erstaunt, dass ich kein Geld verlangte. Ich erklärte ihm genau, was er für mich in Erfahrung bringen sollte. Damit verriet ich ihm schon viel, aber nicht genug für eine komplette Story. Die vollständigen Details für einen groß aufgemachten Bericht über die Morde einschließlich der Person des Mörders sollte er als Honorar für die Informationen bekommen, die ich brauchte.

»Ich krieg die Story exklusiv?«

»Exklusiv. Sobald der Täter überführt ist.«

»Wie wär's denn schon mal mit einem kleinen Appetithappen?«

»Sind wir uns einig? Du lässt alles recherchieren, was ich wissen will?«

»Alles, was du willst. Kein Problem.«

»Und wie lange, meinst du, wird es dauern?«

»Keine Ahnung. Mit Glück nur ein paar Stunden.«

»Ok. Was ich dir jetzt schon geben kann, sind Einzelheiten über Didiers Leiche. Ich hab ihn nämlich gefunden. Er saß in seinem Produzentensessel und hatte den Granitsockel einer goldenen Stimmgabel im Kopf.«

»Geil! Sei so nett und erzähl das alles schön ausführlich Vanessa, ja?«

Vanessa war die nette Stimme von vorhin. Ich beschrieb ihr den blutgetränkten Toten so anschaulich wie möglich, und ich hätte ihr selbst mit dem schönsten Rosenstrauß keine größere Freude machen können.

Der Nächste auf der Liste war mein Hausarzt. Es dauerte geraume Zeit, bis die Sprechstundenhilfe ihn an den Apparat bekam, denn in der Praxis herrschte Hochbetrieb. Als ich ihn endlich an der Strippe hatte, war es nicht ganz leicht, ihm auszureden, dass ich krank sei. Er nahm automatisch an, ich sei ein dringender Notfall. Schließlich konnte ich ihm aber klar machen, dass ich zwar ein Notfall war, aber nicht krank, und dann kamen seine Auskünfte rasch und präzise.

»Aconitin«, sagte er. »Das dürfte so etwa das Stärkste sein, was wir in Europa haben.«

Bingo. Ich hatte Recht gehabt.

Jetzt bat ich die Auskunft um eine Nummer in Hannover und ließ mich durchstellen. Dort musste ich mich erst quer durchs Haus fragen, wobei mein Ansinnen ein gewisses Befremden auslöste, aber am Ende war auch dieser Punkt sicher geklärt.

Die Letzte auf der Liste war Anneliese. Es hatte aber keinen Zweck mehr, sie jetzt noch anzurufen, denn sie war bestimmt schon auf dem Weg zum Eichenhof. Also ging ich erst einmal unter die Dusche. Ich nahm mir Zeit. Während das heiße Wasser über mich hinwegrann, lichteten sich auch noch meine allerletzten Zweifel. Ich war gerade mit dem Zähneputzen fertig, als es an die Zimmertür klopfte. Beschwingt öffnete ich, ein Handtuch um die Hüften. Es war Eckermann. Er sah im Gegensatz zu mir ausgesprochen verschwiemelt aus. Vielleicht hatte er ebenfalls durchgearbeitet.

»Setzen Sie sich«, sagte ich und deutete aufs Bett. Während ich meine nächtlichen Notizen aus seiner Reichweite schaffte und meine Klamotten zusammensuchte, machte ich ein paar Tanzschritte und sang:

I may go out tomorrow
if I can borrow
a coat to wear

Oh, I'd step out in style
with my sincere smile
and my dancing bear

Outrageous, alarming, courageous, charming
Oh, who would think a boy and bear
Could be well accepted everywhere
It's just amazing how fair people can be

»Schön, dass Sie fröhlich sind«, knurrte er missmutig, »aber ich glaube nicht, dass Sie Anlass zum Singen haben. Wir werden Sie nämlich gleich mitnehmen.«

»Das«, sagte ich, »glaube *ich* nun wieder nicht.« Ich verschwand im Bad, um mich anzuziehen. »Ich hab Ihnen was zu erzählen«, rief ich von dort.

»Das will ich doch hoffen!«, rief er zurück.

»Ich glaube eigentlich nicht, dass es das ist, worauf Sie hoffen!« Ich trat wieder ins Zimmer und band mir die krause Mähne mit einem Haargummi hinten zusammen. »So, wir können.«

Ohne den Hauptkommissar weiter zu beachten, machte ich mich auf den Weg nach unten.

Auf dem Flur stand Fick.

»Morgen, Fick!«, bellte ich. »Kann er nicht grüßen?!« Sein Grinsen wich eselhafter Verblüffung. Die beiden hatten Mühe, mir ohne unrühmliche Hast nach unten zu folgen. Dort blieb ich in der Esszimmertür stehen.

»Anneliese?«

Sie kam mit besorgter Miene aus der Küche und registrierte erfreut meine gute Laune. Ich deutete mit den Augen auf die Polizisten hinter mir, nickte fröhlich und machte eine würgende Bewegung mit den Händen.

Annelieses Gesicht leuchtete auf. Sie eilte, um mir den Tisch zu decken, brachte mir Kaffee und fragte mich, ob ich Eier mit Schinken wolle. Eckermann und Fick bot sie nichts an, obwohl mir die beiden direkt gegenübersaßen.

»Hören Sie, Herr Nickel«, begann Eckermann, aber ich wehrte schroff ab: »Nein, tut mir Leid, heute müssen Sie zuhören. Am besten, Sie unterbrechen mich nicht, dann kommen wir am schnellsten zu einem Ergebnis. Sagt Ihnen der Name Mombach etwas?«

Fick sah mich verständnislos an. Eckermann blickte unwillig: »Nein. Was soll die Frage?«

»Ich habe vorhin ausführlich mit einem Mann namens Ingo Mombach über diesen Fall und die Art gesprochen, wie Sie die Ermittlungen führen. Herr Mombach ist Journalist in Hamburg, genauer gesagt, Chefredakteur eines Blattes namens …«

»… doch nicht *der* Mombach vom *Kurier*?!«

»Doch, genau der.«

Jetzt gingen beide an die Decke. »Sie!«, brüllte Eckermann. »Wenn Sie meinen, Sie könnten dieses Schandmaul und sein Drecksblatt gegen uns ausspielen, dann haben Sie sich geschnitten! Ein Kapitalverbrechen ist ein Kapitalverbrechen, da können Sie von mir aus kennen, wen Sie wollen, und diese Schmierfinken können schreiben, was sie wollen – wir nehmen Sie mit!«

»Wir tun hier unsere Pflicht, sonst gar nichts«, fiel Fick ein, »wir haben zwei Morde aufzuklären.« Er stützte die Ellbogen breit auf den Tisch und beugte sich weit zu mir herüber: »Und wenn Sie mich fragen, haben wir die sogar schon aufgeklärt! Innerhalb von zwei Tagen!« Er grinste wieder. »Und mit dem Täter in Gewahrsam brauchen wir uns über die Presse wohl kaum Sorgen zu machen!«

»Das sollten Sie aber«, sagte ich, »denn erstens haben Sie den Falschen, und zweitens haben Sie nicht nur zwei Morde aufzuklären, sondern drei.«

Sie starrten mich an.

Ich setzte die Kaffeetasse ab: »Sie haben ganz richtig gehört. Und da ich Sie inzwischen kenne, füge ich hinzu: Wenn ich sage, dass Sie drei Morde aufzuklären haben, bedeutet das nicht, dass ich drei Morde gestehe. Ist das klar? Noch mal zum Mitschreiben, Herr Fick: Ich rede von drei Morden, ich gestehe aber keinen davon. Ich habe nämlich keinen begangen. Allerdings könnte ich Ihnen den Namen des Mörders nennen.«

Anneliese brachte mir Spiegeleier mit Schinken. Diesmal schenkte sie den Polizisten, während sie den Teller vor mich hinstellte, ein sonniges Lächeln. Ich griff dankbar zu Messer und Gabel und war schon beim zweiten Bissen, als Eckermann endlich reagierte.

»Wie bitte? Was war das gerade?«

»Sie haben mich schon verstanden«, sagte ich mit vollem Mund. »Drei Morde, und ich könnte Ihnen den Täter nennen. Ich tu's aber nicht.«

Eckermanns Wangenrot breitete sich über sein ganzes Gesicht aus, ein Phänomen, das ich bisher noch nicht an ihm beobachtet hatte. »Was soll das?«, schnaubte er. »Was reden Sie da für dummes Zeug? Glauben Sie, mit solchen Albernheiten könnten Sie …«

»Schluss jetzt«, sagte ich. »Entweder Sie hören mir zu, oder ich spreche ab sofort nur noch mit der Presse. Ich habe Ihnen gerade offen gesagt, dass ich mir über die Person des Mörders im Klaren bin. Ich sag Ihnen allerdings genauso offen, dass ich noch nicht genügend Beweise gegen ihn vorbringen kann. Das wird sich aber sehr bald ändern. Sie haben folglich zwei Möglichkeiten. Die erste ist diese: Sie nehmen mich mit, stecken mich in eine Zelle und hoffen, dass Ihre Indizien ausreichen, um mich darin festzuhalten. Die Beweise, die mir im Augenblick noch fehlen, werden trotzdem zusammenkommen, es wird schließlich bereits mit Hochdruck recherchiert – und zwar von gewieften Reportern. Das hat übrigens gar nicht so viel damit zu tun, dass ich einen Chefredakteur kenne. Für einen Exklusivbericht aus einem Mordhaus voller Stars würde sich jedes Boulevardblatt ins Geschirr legen. Wenn Sie sich also dafür entscheiden, mich einzusperren, können Sie den Namen des Mörders spätestens am Wochenende im *Kurier* lesen und stehen als unfähige Idioten da. Ihre zweite Möglichkeit ist die: Sie geben mir, sagen wir, zwei Tage Zeit, die Sache zu Ende zu bringen. So lange lassen Sie mich in Ruhe. Dafür kriegen Sie am Ende den Mörder mitsamt dem nötigen Belastungsmaterial von mir frei Haus und können ihn verhaften. Den Ruhm überlass ich Ihnen gratis.«

Fick stand auf und griff nach meinem Arm. »Kommen Sie«, fauchte er, »es reicht. Wir gehen.« Er kochte.

»Setz dich hin, Helmut«, sagte Eckermann. Er atmete ein paar Mal tief durch und legte seine Hände flach auf den Tisch. »Herr Nickel, Sie haben gerade von drei Morden gesprochen und behaupten, Sie kennen den Täter.«

»So ist es.«

»Gehen wir mal davon aus, dass Sie nicht bloß Zeit schinden und unsere Ermittlungen behindern wollen, um Ihren Kopf aus der Schlinge zu ziehen, sondern dass Sie wirklich was wissen, was wir nicht wissen.« Er schlug wieder diesen leisen, drohenden Ton an. »Dann, Herr Nickel, sollte Ihnen klar sein: Der Polizei bei der Aufklärung eines Mordes vorsätzlich Fakten zu unterschlagen, ist ein schweres Delikt. Überlegen Sie sich gut, was Sie tun. Wenn es stimmt, was Sie uns eben aufgetischt haben, decken Sie einen Mörder. Helmut, setz dich hin!«

Fick setzte sich widerwillig.

Ich kaute erst in Ruhe zu Ende und spülte den Bissen mit einem Schluck Kaffee hinunter, bevor ich antwortete. »Blödsinn. Davon, dass ich den Mörder decke, kann überhaupt keine Rede sein. Ich decke ihn nicht, sondern bin im Gegenteil darum bemüht, ihn zu überführen, was ich von Ihnen nicht sagen kann. Ich kann auch unmöglich wissen, was Ihnen alles bekannt ist und was nicht. Ich weiß nur, dass ich Ihnen unzählige Fragen gutwillig und wahrheitsgemäß beantwortet habe, bis Ihnen schließlich keine mehr eingefallen sind. Da Sie hier aber nun schon seit zwei Tagen jeden Stein umdrehen und alles und jeden erkennungsdienstlich behandeln und vernehmen und ausquetschen, muss ich annehmen, dass Ihr Faktenwissen viel größer ist als meines. Wenn Sie nicht in der Lage sind, die richtigen Schlussfolgerungen daraus zu ziehen, ist das nicht meine Schuld, sondern dürfte eher damit zu tun haben, dass Sie bestimmte Tatsachen ignorieren – zum Beispiel den Umstand, dass auf mich zwei Mordanschläge verübt wurden. Aber das ist Ihre Sache. Die Ergebnisse meiner ganz privaten Überlegungen sind dagegen allein meine Sache.« Ich nahm noch eine große Gabel Ei mit Schinken.

Fick konnte nicht glauben, wie ihm geschah. Seine Hände hatten sich zu Fäusten geballt. Die Fingerknöchel traten weiß hervor. Dabei hatte er seine Zwangslage wahrscheinlich noch gar nicht erkannt, ärgerte sich nur über meine Aufsässigkeit.

Dem Hauptkommissar dagegen dämmerte, dass er in der Patsche saß. Er sah mir noch eine Weile unschlüssig beim Essen zu, dann sagte er zu Fick: »Äh … komm mal kurz mit nach draußen, Helmut.« Die beiden entschwanden in die Halle und schlossen die Tür hinter sich.

Draußen konnte ich sie leise reden hören. Ficks Stimme begehrte immer wieder erbost auf. Anneliese kam erwartungsvoll aus der Küche. Ich legte den Finger auf die Lippen und deutete nach draußen. Sie sah mich fragend an und wiederholte meine Würgebewegung von vorhin. Ich nickte grinsend. Dann zeigte ich auf meinen Teller und die Kaffeetasse. Mehr Ei mit Schinken! So gut hatte mir schon lange kein Frühstück mehr geschmeckt. Ich war auch lange Zeit nicht mehr so selbstsicher gewesen. Es war dasselbe Gefühl, wie wenn ich einen richtig guten Song geschrieben hatte; einen Text, bei dem ich keine Kompromisse eingegangen war, eine Musik, die kraftvoll rockend daherwalzte oder jedes Herz unnachgiebig packte und zu Tränen rührte. In solchen Momenten konnte mich nichts umwerfen.

Die Tür zur Halle öffnete sich. Eckermann und Fick gaben sich alle Mühe, amtliche Würde und polizeiliche Härte auszustrahlen. Ich fragte mich, ob sie sich wohl wieder setzen würden. Sie blieben stehen. Fick steckte die Hände in die Hosentaschen, sah aus dem Fenster und zeigte mir sein Profil. Seine Kinnpartie war ein bisschen weich.

Eckermann räusperte sich. »Schön, Herr Nickel. Wir haben uns die Sache durch den Kopf gehen lassen. Wir haben sowieso noch reichlich Arbeit hier. Wir geben Ihnen die zwei Tage. Unter einer Bedingung.«

Ich hob fragend die Brauen.

Er räusperte sich nochmals. »Sie haben vorhin von drei Morden gesprochen. Das müssen Sie uns schon erst noch erläutern.«

Ich schüttelte den Kopf. »Tut mir Leid, nein. Aber ich möchte eine Anmerkung dazu machen. Ich glaube nämlich gar nicht, dass Ihnen der Gedanke neu ist. Er springt einem ja ins Auge. Sie haben ihn vermutlich nur beiseite geschoben, weil er Ihnen nicht ins Bild passte, haben ihn einfach links liegen lassen. Und dabei sollten Sie jetzt bleiben, wenn Sie den Mörder nicht aufscheuchen und ihn warnen wollen. Sie kriegen ihn, wenn es soweit ist.«

Eckermann seufzte. »Na schön, meinetwegen. Aber nur zwei Tage. Und wenn Sie auch nur einen Schritt vors Haus tun, sitzen Sie.« Damit drehte er sich auf dem Absatz um und ging. Fick nahm die Fäuste aus den Taschen und funkelte mich an: »Ich werd Sie keine Sekunde aus den Augen lassen, merken Sie sich das!«

»Na also«, sagte ich verbindlich, »das hätten wir doch schon mal!«

Er knallte die Tür so laut hinter sich zu, dass der Putz von der Wand staubte.

Jetzt musste ich unbedingt mit Anneliese reden. Aber die musste erst Dampf ablassen. »Also, das hast du man gut gemacht, Paul! Die zwei haben echt mal Gegenwind gebraucht, so wie die sich hier aufgespielt haben! Ich versteh das nicht, du – da is hier'n Mörder unterwegs, und wen schicken die uns, dass sie den fangen? Dick und Doof! Ich hab gleich gewusst, dass die das nicht können!« Sie senkte die Stimme: »Aber jetzt sag man bloß – wer ist das denn nu gewesen?«

Ich schüttelte den Kopf. »Eins nach dem anderen, Anneliese. Ich muss erst ein paar wichtige Sachen von dir wissen.«

»Von mir?« Sie setzte sich.

Ich begann mit Fragen über Dinge, die vermutlich Dorfgespräch waren oder gewesen waren. Anneliese wusste alles, und vor allem wusste sie genau zwischen Gerüchten und Tatsachen zu unterscheiden. Was sie berichtete, bestätigte meine Annahmen völlig. Dann kamen die schwierigeren

Fragen, auf die sie aus dem Stand keine Antwort hatte. Hier fiel ihr aber sofort eine Möglichkeit ein, die nötigen Informationen zu beschaffen. Darüber sprachen wir sehr eingehend. Dabei ließ sich nicht vermeiden, dass sie einen konkreten Verdacht schöpfte. Es war nicht zu übersehen: Von einem bestimmten Moment an wurden ihre Augen plötzlich größer und größer. Jetzt war Vorsicht geboten.

Ich wurde sehr ernst. »Hör mal, Anneliese. Du weißt ja, dass ich dich gut leiden mag, deshalb kann ich dir wohl was sagen, ohne dass du beleidigt bist. Du bist so was wie die Niederholter Dorfzeitung, richtig?«

Sie tat entrüstet, aber sie musste dabei grinsen. »Ich sach mal so, Paul: Es gibt nicht viel, was ich nicht mitkrieg, das stimmt.«

»Erstens das, und zweitens gibt es auch nicht viel, was du für dich behältst. Aber diesmal musst du! Schaffst du das?«

Sie machte immer noch große Augen. »Klar schaff ich das! Glaub man bloß nicht, dass ich keine Geheimnisse hab. Die hab ich nämlich auch, genau wie jeder andere. Nee, da mach dir man keine Sorgen.«

»Doch! Wir *müssen* uns Sorgen machen! Es ist nämlich so: Wenn ein Mensch drei Morde auf dem Gewissen hat, dann macht ihm auch ein vierter nichts aus, wenn er meint, dass er damit seine Entlarvung verhindern kann!«

Sie richtete sich stocksteif auf.

»Siehst du«, sagte ich, »so ist das! Die Sache ist gefährlich. Vergiss das bloß nicht. Wie ist das mit den Kopien? Kriegst du die hin, ohne dass einer was merkt?«

Sie nickte nachdrücklich. »Klar. Göke ist doch Bürgermeister! Bei uns an' Schlüsselbrett hängt auch der Schlüssel vom Gemeindebüro. Und da steht ein Kopierer drin. Da ist den ganzen Tag kein Mensch – da kann ich machen, was ich will.«

»Dann pass bloß auf, dass niemand mitkriegt, was du da machst.« Ich ging alles noch mal mit ihr durch, aber das war eigentlich überflüssig.

Außerdem tauchte jetzt Pelle auf. »Habt ihr noch Kaffee?«, wollte er wissen.

Anneliese sah ihn schräg an, stand auf und lief in die Küche. Als sie zurückkam, brachte sie nicht nur frischen Kaffee, sondern auch eine Zeitung: »Überhaupt, habt ihr den *Kurier* schon gesehen? Das müsst ihr euch angucken!« Sie stellte das Tablett ab und breitete das Blatt auf dem Tisch aus.

Pelle stöhnte.

Der Leichenhof der Stars! Die Schlagzeile zog sich blutrot über die ganze Titelseite. Der Untertitel lautete: *Millionär Didier im Kreise seiner Stars ermordet; Tontechniker grausam im See versenkt*. Es gab ein großes Archivbild von Böckelfeld, auf dem er seine Manager-Sonnenbrille trug, darunter ein höchst laszives von Nina im tief ausgeschnittenen Outfit und daneben eines von Pelle, das ihn als pöbelnden Fußballfan auf der Kabarettbühne zeigte – nur, dass die Kabarettbühne weggeschnitten war. Das Wieseggerfoto war von gestern. Er stand an die Gardine geklammert hinter dem Fenster im Esszimmer und wirkte unbeschreiblich wehleidig. Unterschrift: *Ich bin ein Star, lasst mich raus aus diesem Haus!* Der Knaller war jedoch mein schlammtriefender Leichenwagen mit dem düster ragenden Kreuz auf dem Dach. Ich selbst war zum Glück kaum zu erkennen, sogar Bruno war besser im Bild und stand mit dem Baggersee im Hintergrund da wie der Hund von Baskerville. *Der Tote schwamm im Leichenwagen*, stand darunter. Der Bericht auf Seite zwei hielt – wie üblich – nicht, was die Schlagzeilen und Fotos vorn versprachen. Es gab ein paar Sätze über den *schwerreichen Manager, Produzenten und Komponisten Didier alias Günther Böckelfeld, der er-*

mordet in seinem Studio aufgefunden worden sei, dann wurde die Bergung des Leichenwagens beschrieben (*gurgelnd gab der See die Leiche frei*), dann kamen die Standardphrasen über den *kometenhaften Aufstieg des Fräuleinwunders* Nina Simon, über den *Kölschen Kalauerkönig* Pelle Schmitz und den *Meisenwanger Volksmusikanten* Berthold Wiesegger. Die Stars seien zum Zeitpunkt des Mordes auf dem Landsitz des Millionärs versammelt gewesen; alle Gäste des Hauses stünden unter Verdacht, darunter vor allem der Textdichter Paul Nickel, mit dessen baldiger Verhaftung zu rechnen sei.

Pelle blätterte zurück und zeigte auf sein Konterfei. »Mördermäßig brutal«, sagte er. »Ob das gut ist?« Er seufzte. »Ach, was soll's. Jede Presse ist gut. Oder?«

»Keine Ahnung«, sagte ich. »Ich bin nur Schnulzendichter.«

»Dann müsstest du doch wissen, was bei den Leuten ankommt.«

»Aber doch nicht, wenn es um Gedrucktes geht! Da bin ich völlig ahnungslos. Ich weiß die Kreativität zu würdigen, mit der sich die Zeitungsleute jeden Tag diese Wahnsinnsüberschriften ausdenken, aber was bei den Lesern im Kopf vorgeht, ist mir ein Rätsel.«

»Na, wenigstens *sind* das noch Leser! Jeder zwanzigste Deutsche kann doch heute gar nicht mehr lesen und schreiben!«

»Richtig. Und die anderen neunzehn halten Analphabetismus für eine gängige Sexualpraktik.«

Anneliese lachte, aber dann sagte sie: »Nee, so was sollst du nicht sagen, Paul! Sei nicht so eingebildet!«

Pelle nickte weise: »Beiß nicht in die Hand, die dich füttert. Du sollst deine Kundschaft ehren.«

»Na schön, ihr Opportunisten.« Ich reckte mich. »Ich war die ganze Nacht auf. Ich leg mich noch ein Stündchen hin.«

Im Zimmer sah ich auf mein Handy: kurz nach zehn. Da konnte ich rasch noch etwas überprüfen. Karl hatte neues Studio-Equipment meist von *Amp Town* oder dem *Musik Markt* in Hamburg liefern lassen. Ich rief zuerst bei *Amp Town* an. Dort konnte man mir nicht helfen, aber die zweite Nummer war ein Volltreffer. Na also.

Ich rollte mich ins Bett und war eine Minute später eingeschlafen.

12. Kapitel

Irgendwann im Traum hatte ich wieder das Gefühl, Nina beuge sich über mich. Ich beeilte mich aufzuwachen, bevor sie sich womöglich noch einmal in Wiesegger verwandelte, und diesmal hatte ich Glück. »Hallo«, sagte ich.

Sie verschränkte betreten die Arme vor der Brust und wandte die Augen zur Seite, bevor sie sprach. »Es tut mir Leid, Paul. Paul, ich hab eben die Zeitung gesehen und mit den anderen gesprochen. Ich hatte nicht begriffen, dass die Polizei dich tatsächlich festnehmen will! Ich hab gedacht, irgendwann müssen die ja rausfinden, wer's wirklich getan hat, und so lange halte ich mich aus der Sache raus! Ich dachte, wenn ich zugebe, dass ich die ganze Nacht mit dir zusammen war, dann könnte das doch in meinem Scheidungsverfahren ein Untreuebeweis gegen mich sein! Dabei hab ich mit diesen widerlichen, ekelhaften Morden hier gar nichts zu tun, rein gar nichts! Das weißt du doch am besten!«

»Ja, das weiß ich. Und du weißt genau, dass ich weder mit den Morden noch mit deiner Scheidung was zu tun habe.«

»Du hast ja Recht, Paul. Ich hätte es der Polizei sagen sollen. Und wenn du willst, tu ich's noch heute. Ich will nur, dass du mich verstehst. Sieh mal, über mich weiß jeder bloß, was die Zeitungen schreiben – kometenhafter Aufstieg, Traumgagen, Luxus, London, Paris, New York und so weiter, die ganzen Klischees; ich hab aber genauso hart ackern und Klinken putzen müssen wie jeder andere. Jahrelang hat sich keine Sau für mich interessiert, und als es dann endlich soweit war und der Erfolg kam, da hatte ich sofort die Schmarotzer am Hals: Mein Agent hat mich beschissen, die Plattenfirma hat mich beschissen, mein Mann hat mich beschissen. Es war so viel Geld da, weißt du, ich hab ja reichlich verdient, und bei all der Arbeit war ich immer ganz dankbar, wenn es hieß: ›Mach dir keine Sorgen, Nina, ich regel das für dich, Nina, kümmer du dich um die Show, ich kümmer mich um den Rest!‹ Und jetzt kommt das Finanzamt plötzlich mit Forderungen, die ich nicht mal begreife, so aberwitzig sind die. Paul, bei dieser Scheidung geht es nicht darum, ob ich noch ein bisschen reicher werde; es geht darum, ob ich behalten darf, was ich mir erarbeitet und verdient habe, oder ob ich alles verliere.«

Sie schilderte ihre Lage sehr offen, und die war augenscheinlich heikel. Wie so viele Künstler war sie in allem, was ihre Arbeit betraf, energisch und kompromisslos, aber geschäftlich wie privat war sie ein Blatt im Wind. Was mich wieder auf meine eigenen Probleme stieß, die ich trotz meiner Zuneigung zu Nina nicht mit ihren Augen sehen konnte – dafür hatten mir die letzten Tage viel zu sehr zugesetzt. »Ich versteh eins nicht«, sagte ich. »Wenn diese Scheidung für dich so wichtig ist, wieso hast du dich dann ausgerechnet in dieser Situation mit Günther und dann auch noch mit mir eingelassen?«

»Das hab ich dir doch schon mal gesagt: Ich bin einfach zu emotional! Ich glaube jedes Mal viel zu fest daran, dass dieser eine jetzt endlich der Richtige ist, und dass ich ihn ich auf keinen Fall verpassen darf!« Sie nahm meine Hand. »Paul, soll ich gehen und die Aussage machen?«

»Das brauchst du nicht mehr. Ist schon in Ordnung, Nina, es wird sich sowieso bald alles aufklären.«

»Soll ich ein bisschen zu dir ins Bett kommen?«

Ich beugte mich vor und küsste sie. »Nein.«

Sie ließ den Kopf hängen wie ein kleines Mädchen. »Ist nicht wie vorher, was?«

»Stimmt. Und klug wär's auch nicht.« Ich versuchte Pelles schiefes Foxterriergrinsen. »Vielleicht ist es ganz gut so. Ich bin ein verquerer Hund, weißt du. Ich glaub nicht, dass ich der Richtige für dich wär'.«

Sie ging zur Tür. »Jedenfalls bist du das Beste, was mir seit langem passiert ist.« Sie warf mir einen Kuss zu und war draußen.

* * *

Gegen Mittag ging ich nach unten. Eckermann und Fick saßen auf dem Sofa, studierten irgendwelche Unterlagen und bewachten die Halle. Im Esszimmer war niemand, aber in der Küche klapperte es. Pelle hatte wohl vergeblich nach Anneliese Ausschau gehalten, nun stand er vor dem offenen Kühlschrank und kramte darin herum.

»Sieht nicht gut aus«, sagte er, als er mich sah. »Anneliese hat uns vergessen und im Stich gelassen.«

Dass sie nicht da war, wunderte mich nicht; bestimmt war sie gerade mit meinen Fotokopien beschäftigt. Dass sie nichts zu essen vorbereitet hatte, war jedoch ausgeschlossen, und wirklich stand ein großer Topf auf dem Herd. Die nähere Erkundung ergab: wunderbare, frische Krabbensuppe.

Wiesegger war aus dem Kaminzimmer herübergekommen, gemeinsam suchten wir Teller und Löffel zusammen und schnitten uns ein paar Scheiben Brot. Dann erschien auch noch Walter Lübbers, sodass wir schließlich zu viert am Tisch saßen. Niemand sprach die Morde an, stattdessen versuchte Wiesegger eine Unterhaltung über Volksmusik anzukurbeln. Dazu hatte ich wenig Lust. Ich wechselte das Thema, indem ich mich über die mechanische Mitklatscherei im *Musikantenschoberl* lustig machte; überhaupt seien die Deutschen ein

Volk von Falschklatschern. Lübbers fragte verblüfft, wie man denn falsch klatschen könne, und ich erklärte den Unterschied zwischen Marschmusik und swingenden, offbeatbetonten Rhythmen, indem ich das Deutschlandlied einmal zum Marsch und einmal zum Swing klatschte.

»Swing geht in die Beine«, sagte ich, »aber in Deutschland wird jedes Lied gnadenlos zum Marsch geklatscht.«

Ausgerechnet Pelle fiel mir in den Rücken, indem er hinterhältig fragte, wie man denn zum Deutschlandlied nun richtig klatsche. Außerdem wollte er wissen, was an Märschen »falsch« sei – ob die etwa nicht in die Beine gingen.

»Doch«, gab ich zu, »das tun sie«, wendete aber ein, dass mittels Marschmusik Millionen von Beinen in alle möglichen Kriege bewegt worden seien. Deshalb, behauptete ich, sei diese Art von Musik jetzt zu Recht tot, werde nur noch von Militärkapellen und Seniorensendungen wie dem *Musikantenschoberl* aus dem Grab gezerrt.

Und wieder fiel mir Pelle in den Rücken: Erstens sei ohne Märsche der Karneval undenkbar. Das beweise, dass sie keineswegs was mit Krieg zu tun haben müssten, sondern auch ganz einfach Spaß machen könnten. Und zweitens gebe es auch brandneue, hochmoderne Märsche – schließlich sei die ganze Technowelle nichts anderes als Marschmusik auf Ecstasy gewesen.

An dem Punkt musste ich mich geschlagen geben.

* * *

Als Mombach nachmittags anrief, war ich wieder oben in meinem Zimmer. Das Ergebnis seiner Recherchen übertraf sogar meine Erwartungen. Allmählich kam ich in Stimmung. Sie wurde noch besser, als kurz darauf Anneliese mit den

Fotokopien eintraf. Jetzt hatte ich tatsächlich alles beieinander. Nur noch eins war zu regeln.

Ich ging hinunter in die Halle, um mit Eckermann zu sprechen. Fick musste ihn erst herbeitelefonieren, aber eine Viertelstunde später war er da.

»Ich glaube«, sagte ich, »nein – ich bin sicher, dass ich die Sache morgen aufklären kann.«

Fick grinste überheblich.

Eckermann wartete. »Ja?«

»Ich habe den *Hamburger Kurier* davon unterrichtet, dass Sie alle Beteiligten morgen um zehn hier im Kaminzimmer versammeln werden.«

»Hab ich das denn vor?«

»Ich glaube schon, denn andernfalls werde ich der Zeitung sämtliche Ergebnisse meiner Überlegungen und Recherchen übergeben, und der *Kurier* wird den Fall vor Ihrer Nase lösen.«

Fick zog angewidert die Mundwinkel nach unten. »Sie sind echt ein ...«

Eckermann fiel ihm ins Wort: »... ich bin durchaus deiner Meinung, Helmut, aber die Backen hältst du trotzdem.«

Zu mir sagte er: »Ich hab Ihnen gestern die erbetenen zwei Tage Schonfrist zugestanden, und – gut: Ich werd auch das noch mitmachen, weil ich glaube, dass es unsere Ermittlungen nicht negativ beeinflussen kann. Im Gegenteil – vielleicht gewinnen wir sogar ein paar neue Erkenntnisse. Ihre Versammlung morgen werd ich noch einberufen. Aber dann ist Schluss. Sie packen also besser schon mal Ihren Koffer.«

»Gut, dass Sie das ansprechen«, sagte ich. Ich wies auf meine abenteuerliche Garderobe. »Sie werden mir meine eigenen Sachen wohl kaum bis morgen gewaschen und gebügelt zurückgeben können, oder? Ich hab nicht vor, länger im

Joggingdress von Frau Gökes Ältestem rumzulaufen. Soll ich Herrn Mombach bitten, oder sind Sie bereit, mich kurz zum nächsten Kaufhaus in der Stadt fahren?«

Es war Fick, der mich zähneknirschend begleiten musste. Kleiderkäufe gehen bei mir meist flott vonstatten. Ich bin, wie gesagt, nicht gerade ein Hungerhaken, sondern eher sportlich gebaut und finde meist schnell etwas Passendes, zumal mir Modetrends egal sind. Ich hab es nur gern bequem. Mithilfe meiner Scheckkarte kaufte ich neue Unterwäsche und Socken, ein Paar Jeans, zwei weite Hemden und eine warme Jacke, dazu ein Paar Turnschuhe. Die genaue Erinnerung an meinen Kontostand verdrängte ich dabei. Ich verzichtete darauf, Fick übermäßig zu demütigen, bat ihn nur um seine Meinung zu dem ein oder anderen Kleidungsstück. Er antwortete nie, lief aber jedes Mal rot an.

Während der Rückfahrt musste ich wie auf dem Hinweg hinten sitzen, sodass sich der Kommissar vorn ungestört seinem Ärger hingeben konnte.

Den Abend verbrachte ich damit, mich vorzubereiten; ich schenkte mir das Abendessen und begnügte mich mit ein paar Flaschen Bier. Unruhig im Zimmer auf- und abgehend legte ich mir die Einleitung und einen genauen Ablauf zurecht. Ich probte flüsternd all meine Erklärungen und Begründungen, ich formulierte die Fragen, die ich stellen wollte. Ich versuchte mir auch alle denkbaren Reaktionen vorzustellen und überlegte mir, wie ich das Geschehen trotz aller Eventualitäten auf Kurs halten konnte.

Gegen zwei klopfte Wiesegger flehentlich an meine Tür: Er sei dem Wahnsinn nahe, er halte das Gerenne und Gemurmel nicht mehr aus. Also tat ich ihm den Gefallen und legte mich hin.

Kaum drei Stunden später war ich wieder wach. Es hielt mich nicht länger im Bett. Ich nahm mir viel Zeit mit der Morgentoilette und zog in Ruhe die neuen Sachen an, aber als ich damit fertig war, war es immer noch stockdunkel draußen und totenstill im Haus. Gestiefelt und gespornt stand ich da. Mein Magen hob sich unangenehm – nervös, rebellisch. Meine Hände waren feucht, und obwohl ich absolut nicht mehr müde war, musste ich unablässig gähnen. Es gab keinen Zweifel: Ich hatte Lampenfieber. Es war wie vor einem Auftritt. Und wie vor einem Auftritt würde nichts dagegen helfen. Es würde erst verschwinden, wenn die Show begonnen hatte – wie bei allen Bühnenkünstlern. Lampenfieber haben alle, nur die Symptome unterscheiden sich von Fall zu Fall. Manche Kollegen bekommen zittrige Finger, manche hyperventilieren, manche rennen wieder und wieder aufs Klo, manche bekommen in letzter Sekunde eine schwere Halsentzündung (die im Moment des Auftritts spurlos verschwindet). Natürlich gibt es auch Künstler, die scheinbar ungerührt bleiben. Ich kenne einen Ragtime-Gitarristen, der immer absolut gelassen ist. Allerdings beginnen sein Halsansatz und der Hemdausschnitt spätestens eine halbe Stunde vor der Show blutrot zu leuchten, was den Virtuosen jedes Mal sehr überrascht und befremdet, wenn man ihn darauf anspricht.

Das Lampenfieber ist eine schwere Krankheit, die nur durch den Auftritt geheilt werden kann. Ich ging ein wenig auf und ab, ich legte mich noch etwas aufs Bett, ich stand wieder auf – es half nichts. Ich hatte mir vorgenommen, nicht nach unten zu gehen, bevor es soweit war. Zäh dehnte sich die Zeit, bis endlich die ersten Geräusche im Haus zu vernehmen waren, und erst, als Ewigkeiten später Anneliese an die Tür klopfte, wurde es draußen hell. Dankbar nahm ich ihr das Tablett ab. Ich hatte zwar keinen Appetit, aber den Kaffee konnte ich gut brauchen.

»Alles in Ordnung unten?«, fragte ich.

»Alles bereit, Paul. Inner halben Stunde kannst du anfangen.« Sie nickte mir finster zu. »Hau rein!« Damit war nicht das Frühstück gemeint. Die letzten dreißig Minuten verbrachte ich damit, der Uhr auf meinem Handy dabei zuzusehen, wie sie eine nach der anderen verstreichen ließ.

Dann war es soweit. Ich tat Annelieses Fotokopien in Eckermanns Klemmbrett, ich trat in den Flur, ich ging an den Rattansesseln vorbei, ich ging die Treppe hinunter. Ich erwartete, in der Halle niemanden außer Fick vorzufinden; es sollten schließlich alle im Kaminzimmer versammelt sein, doch da unten stand noch eine Figur, die mich ganz überraschend zum Lachen brachte: ein Typ mit Sonnenbrille und Lederjacke. Ingo Mombach.

Er sah mich und winkte mit den Armen: »Paul!«

»Ingo, Ingo!«, sagte ich, ohne Fick zu beachten. »Wie siehst du aus!«

Er nahm die Brille ab und strahlte. »Normalerweise lauf ich so nicht mehr rum, aber den Gag konnt' ich mir nicht verkneifen. Hör mal«, er zeigte auf Fick, »der Bulle da will mich nicht mit reinlassen, was sagt man dazu?«

Ich nahm ihn am Arm und ging weiter. Ich fühlte mich stark an alte Zeiten erinnert. Ich hatte Ingo oft genug hinter die Bühne geschleust. Fick trat widerwillig zur Seite. Vor der Tür blieb ich kurz stehen und sammelte mich, dann stieß ich sie auf. Sofort verstummte drinnen jedes Gespräch. So sollte es sein.

Eckermann saß auf dem Schreibtischstuhl am Fenster und zeigte sich verärgert über Mombachs Auftauchen. Fick schloss die Tür hinter uns und lehnte sich rechts an den Türrahmen.

Ich lächelte ihn verbindlich an und wies Mombach die linke Türseite zu. Dann ging ich quer durch den Raum, legte das Klemmbrett auf den Kaminsims und sah in die Runde.

Im Sessel direkt links vor mir saß Iris. Sie hatte die Beine übereinander geschlagen und die Hände locker im Schoß liegen, aber ihr Gesicht war wie tiefgefroren. Den Sessel gleich daneben hatte Lübbers eingenommen, als ob er darauf rechnen dürfe, die Hausherrin notfalls mit starkem Arm zu beschützen. Er trug wieder die gestreifte Krawatte und ließ die Wimpern flattern. Im Sessel rechts, vor Eckermanns Schreibtisch, saß Pelle. Er wirkte besorgt. Auf dem Sofa hinten links saßen Nina und Anneliese. In Ninas Augen sah ich nichts als Zuneigung, aus Annelieses Zügen sprühte immer noch finstere Anfeuerung. Gerd Schreiner und Berthold Wiesegger hatten gegenüber mit Stühlen vorliebnehmen müssen. Schreiner erschien undurchschaubar wie stets, Wiesegger war sichtlich nervös.

Alle sahen mich an. Wenn man etwas allein im stillen Zimmer ausgearbeitet und vorbereitet hat, mag man von der Qualität des Ergebnisses noch so felsenfest überzeugt sein – die physische Anwesenheit des Publikums kann diese Überzeugung binnen Sekunden in schwere Zweifel verwandeln. Die seelischen Reflexe des Individuums auf Menschenansammlungen sind nämlich ganz und gar irrational und hängen von der Ausstrahlung des Rudels ab – und die spürt man erst, wenn man sich hineinbegibt. Einen Augenblick lang wünschte ich mir, ich könnte so was sagen wie: »Als erstes Stück spiele ich *Last Train Home* von Pat Metheny.« Dann gab ich mir einen Ruck.

»In der Nacht von Montag auf Dienstag ist Günther Didier umgebracht worden, und die Polizei hat den Täter bislang nicht ermitteln können. Deshalb habe ich selbst Überlegungen angestellt. Diese Überlegungen haben zu einem eindeutigen Ergebnis geführt. Ich weiß, dass der Mord von jemandem begangen worden ist, der sich hier in diesem Raum befindet, und ich werde es beweisen.«

Mit einem Schlag war die Luft elektrisch geladen, zugleich war jede Nervosität von mir gewichen. Meine Stimme war fest. »Ich werde weiter beweisen, dass der Täter nicht nur diesen einen, sondern darüber hinaus zwei weitere Morde begangen hat. Es wird eine Weile dauern, aber ich werde versuchen, es so kurz wie möglich zu machen.« Ich sah Gerd Schreiner an. »Herr Schreiner, Sie könnten uns allen viel Zeit ersparen, wenn Sie uns über den Zweck Ihres Aufenthalts in diesem Haus aufklären würden.«

Schreiner zuckte die Achseln. »Wie gesagt, ich arbeite für die *Datag Inkasso*.«

»Was leistet Ihre Firma genau?«

»Wir haben ein Rechenzentrum, zum Beispiel für die Bearbeitung von Steuersachen, wir bieten Anlageberatung, Kredite, einen Inkasso-Service und noch so einiges.«

»Und welche Firmenleistungen haben Sie hier im Hause geboten?«

Er sah aus dem Fenster. »Na ja, was nötig war eben.«

»Und was war nötig?«

Er schüttelte den Kopf. »Tut mir Leid. Diskretion gehört zu unseren wichtigsten Grundsätzen. Wir reden nicht über unsere Klienten.«

»Ich habe das Gefühl, dass wir trotzdem sehr bald einiges von Ihnen zu hören bekommen.« Ich wandte mich an Iris. »Ich muss dich jetzt leider ganz direkt fragen: Wie war Günthers Vermögenslage?«

Sie sah mich an und lachte bitter. Dann sagte sie zu Eckermann. »Ich bin ja wohl kaum verpflichtet, einem … Beschäftigten meines verstorbenen Mannes solche Auskünfte zu geben, Herr Hauptkommissar.«

Eckermann trommelte mit den Fingern einen Wirbel auf den Tisch. »Nein, das sind Sie nicht.«

Fick schob die Hände in die Hosentaschen und feixte.

»Gut«, sagte ich, »dann muss ich doch ein wenig ausholen. Einer der Hauptanlässe des Treffens hier auf dem Eichenhof war die Gründung eines neuen Niedersächsischen Privatsenders namens *Radio4Fun*, an dem Dr. Günther Didier die Künstler Nina Simon, Pelle Schmitz und Berthold Wiesegger beteiligen wollte.«

Nina, Pelle und Wiesegger nickten.

»Soweit ich mitbekommen habe, sollten die Einlagen jeweils knapp im sechsstelligen Eurobereich liegen.«

Wieder nickten alle drei.

»Das hätte, gemessen an den Summen, die der Aufbau von kommerziellen Radiosendern tatsächlich kostet, wohl kaum gereicht. Gehen wir aber ruhig mal davon aus, dass Günther zuvor auch schon andere Gesellschafter gewonnen und genug Kapital beieinander hatte. Dann war die wichtigste Voraussetzung für seinen Plan immer noch eine Sendelizenz. Und das ist seltsam: Die Niedersächsische Landesmedienanstalt, die solche Lizenzen ausschließlich vergibt, hat ihm keine erteilt. Er hat sich gar nicht um eine bemüht. Ich hab mit denen gesprochen – die kennen seinen Namen nur aus der Zeitung. Was sagst du dazu, Iris? Du warst doch über Günthers Geschäfte immer bis ins letzte Detail informiert!«

Sie sah wieder Eckermann an und schwieg.

»Ich halte fest: Günther hat mit allen Mitteln versucht, seinen Künstlern Geld abzuknöpfen, und *Radio4Fun* war dabei nichts als ein Vorwand. Dieses Verhalten war ungewöhnlich für ihn, denn früher hat er niemals andere um Geld gebeten. Ich zumindest hab das vorher nie erlebt. Er war immer nur scharf auf Tantiemen und Verwertungsrechte, aus denen konnte er dann selbst umso besser Kapital schlagen. Aber diesmal hat er offenbar ungeheuer dringend Geld gebraucht. Hatte er Schulden, Iris? War er in Schwierigkeiten?«

Sie richtete sich kerzengerade auf. »Ich versteh dich nicht, Paul. Ich versteh nicht, wie du so über ihn herziehen kannst! Er hat weiß Gott genug für dich getan. Er kann sich nicht mal mehr wehren!«

»Antworte bitte: War er in Geldnot? Ich weiß, dass er in den Neuen Markt investiert hat; er muss Unsummen in Aktien gesteckt haben, das hat er mir damals selbst erzählt. Von diesem Geld dürfte nicht viel übrig sein. Hatte er Schulden?!«

»Nein.«

»Wieso steht dann das Studio zum Verkauf?«

»Was?«

»Das weißt du doch, oder nicht? Günther hat es dem *Musik Markt* angeboten.«

»Ich – nein! Ich weiß gar nicht, was du …«

»… nein? Aber dass die *Datag Inkasso* eure Harvestehuder Jugendstilvilla zum Kauf anbietet – das weißt du!«

»Ja!« Sie war auf einmal den Tränen nah. »Ja! Ist ja wahr, ok, Günther hatte Schulden.« Sie verbarg das Gesicht in den Händen.

»Paul, das geht aber nicht«, ließ sich nun Lübbers vernehmen. Er hatte sich halb erhoben und wölbte seine Leibesmitte schirmend vor Iris, »wie sprechen Sie denn bloß mit einer Witwe!«

»Halten Sie die Klappe, Walter«, sagte ich. Etwas in meinem Ton ließ ihn wieder in den Sessel sinken.

Iris stand auf. Ich dachte schon, sie wolle gehen, aber sie drehte sich nur um und zeigte auf Gerd Schreiner: »Die da haben ihn zugrunde gerichtet! Diese gottverfluchte *Datag-Inkasso*-Mafia! Von dem Moment an, wo er denen Geld geschuldet hat, hatte er die Ratten an der Kehle!«

Schreiner drohte mit dem Finger: »Na na, Vorsicht, ja! Keine Beleidigungen! Wir sind ein seriöses Kreditunternehmen!«

Iris verlor völlig die Fassung. » Ein seriöses Kreditunternehmen! Seriös – das soll wohl ein Witz sein! Ein seriöses Kreditunternehmen, das Wucherzinsen nimmt, das Drohbriefe schreibt und einem einen Verbrecher wie Sie ins Haus schickt!«

Schreiner breitete empört die Hände in Richtung Eckermann aus und schob sein Kinn vor: »He Sie, Wachtmeister – wollen Sie nicht langsam mal einschreiten? Habe ich keine Rechte? Muss ich mir so was anhören?«

Der Hauptkommissar schien langsam Gefallen an der Show zu finden. »Nein«, sagte er, »müssen tun Sie nicht. Aber vielleicht interessiert es Sie, wie es weitergeht. Ich find's jedenfalls interessant.«

Ich goss noch etwas Öl ins Feuer. »Laut Archiv des *Hamburger Kuriers* ist die *Datag Inkasso* noch nie durch besondere Seriosität aufgefallen. Es gibt aber einige Urteile, in denen von Untreue die Rede ist, von Betrug, von Wucher und so weiter.«

Schreiner drehte sich zu Mombach um: »Der *Kurier* sollte sich mal ein bisschen besser überlegen, wie er Kunden behandelt, die ständig teure Inserate schalten!«

»In Ihrem Fall dürfte es sich ja wohl eher um Kleinanzeigen handeln«, sagte Mombach.

Schreiner ärgerte sich: »Jetzt is' aber langsam gut! Ich lass mich doch hier nicht in die Schmuddelecke drängen! Gut, stimmt, wir haben Didier Geld geliehen, und zwar eine ganze Menge, aber das ist nun mal die Aufgabe eines Kreditinstituts, und das eine sag ich Ihnen: Wir hatten noch nie so einen dreisten Kunden wie den! Der hat doch die ganze Zeit versucht, *uns* zu verarschen! Hat uns das Blaue vom Himmel versprochen: Seine Künstler würden bald Hunderttausende ranschaffen, sein Studio wär ein Vermögen wert, seine Jugendstilvilla Millionen, sein neuer Welthit würd mehr Geld bringen als unsere ganze Firma wert wär – und keinen Cent haben wir bisher gesehen! Was wollt ihr überhaupt von mir?«

»Nichts«, sagte ich, »ich hatte Sie nur um Auskunft gebeten. Und die hätten Sie uns auch gleich geben können.« Ich wartete, bis alle wieder saßen. »Dass Ehrlichkeit nicht Günthers hervorstechendste Eigenschaft war, ist niemandem hier neu. Er hat es völlig normal gefunden, Menschen zu manipulieren – mit Versprechungen, mit Halbwahrheiten, mit Drohungen, mit erpresserischen Andeutungen. Er hatte in dieser Hinsicht keine Hemmungen. Jeder von uns hat das schon am eigenen Leibe erfahren.«

Pelle nickte grimmig.

Ich fuhr fort: »Ich hab noch am Montagabend zu ihm gesagt: ›Wenn einer den Kessel zu sehr unter Druck setzt, dann kriegt er früher oder später den Deckel in die Fresse.‹ Er hat sich zu sicher gefühlt. Das hat schon viele Erpresser das Leben gekostet. Aber wen hat er so dermaßen unter Druck gesetzt, dass der die goldene Stimmgabel nehmen und ihm den Granitsockel in den Schädel dreschen musste? Günther muss etwas Entsetzliches über den Täter gewusst haben. Mein erster Gedanke war natürlich, Günthers Tresor und seine Aktenschränke im Hamburg zu durchsuchen; irgendwo muss er ja belastendes Material gehabt haben – Dokumente, Briefe, Fotos oder so was. Und damit hätte man auch den Mörder.«

»Nein!« Wiesegger war aufgesprungen. Sein Kinn zitterte. »Das ist ... das ist ja ungeheuerlich! Das ist nicht wahr! Selbst wenn es da irgendwelche ... irgendwas gäbe – das macht einen doch noch nicht zum Mörder!« Es trieb ihn zur Tür, aber Fick war schneller und stand bereits im Rahmen. Der Kommissar machte keine sehr eindrucksvolle Figur, doch für Wiesegger reichte es.

»Setzen Sie sich wieder hin, Berthold«, sagte ich. »Wenn Didiers Giftschränke irgendwas Verwerfliches über Sie enthalten, werden Sie dafür geradestehen müssen. Für seinen Tod nicht. Dass er Sie in ganz profaner, krimineller Weise erpresst hat, zeigt immerhin, wie weit er gegangen ist. Ich glaube allerdings, er ist noch viel weiter gegangen. Herr Schreiner, Sie haben eben erklärt, eine von Didiers Versprechungen habe darin bestanden, sein neuer Welthit werde mehr Geld bringen, als Ihre ganze Firma wert ist. Es spricht einiges dafür, dass diese Ankündigung richtig ist. Gelogen war sie trotzdem, denn der bewusste Titel ist nicht von Didier, sondern von mir.«

Ein leichte Unruhe wurde spürbar.

»Auch dafür werde ich den Nachweis erbringen. Vorerst soviel: Didier hat den Titel mit meinem Einverständnis unter seinem Namen angeboten und sollte im Erfolgsfall auch die Verlagstantiemen erhalten. Es war aber vereinbart, dass die Autorentantiemen komplett an mich weiterfließen sollten. Damit standen mir drei Viertel der Einnahmen zu, Didier nur eines. Diese Zahlen haben mit einem Schlag ein ungeheures Gewicht bekommen, als das Plattenlabel von Bridget Summers beschlossen hat, den Titel zu ihrer nächsten Single zu machen. Um die Dimensionen zu verdeutlichen: Die letzten fünf Bridget-Summers-Singles sind alle millionenfach verkauft worden. Außerdem sind die Songs natürlich auch auf den Bridget-Summers-Alben veröffentlicht, die jeweils zwischen neun bis achtzehn Millionen lagen. Dazu kommen noch Millionen von Downloads aus dem Internet. Weiter kommen dazu die Einnahmen aus den Aufführungsrechten: Für jedes einzelne Mal, wenn ein Song im Fernsehen oder im Radio läuft, hat der Autor Geld zu kriegen. Diese Bridget-Summers-Single war der Grund dafür, dass ich mich letzten Samstag auf den Weg nach Niederholt gemacht habe. Ich hab mir die endgültige Bestätigung erhofft, dass der Deal geklappt hat, und ich wollte den Erfolg feiern, auf den ich seit Jahren hinarbeite. Dummerweise ist mir ein paar Kilometer vor dem Dorf der Sprit ausgegangen. Also hab ich hier angerufen, und Günther hat versprochen, mir einen Wagen zu schicken. Es ist aber kein Wagen gekommen, sondern ein Traktor. Und dieser verdammte Traktor ist auf mich losgerast, um mich plattzufahren! Den Riesenrädern konnte ich noch in letzter Sekunde ausweichen, aber gleich am nächsten Abend bin ich bekanntlich niedergeschlagen und zum Ersaufen in den Schweinestall geschmissen worden.«

Ich hob die Hände: »Bitte, ich bin kein Idiot! Mir hat das alles durchaus zu denken gegeben, aber erstens hatte ich keine Ahnung von Didiers verzweifelter Finanzlage, und zweitens war er nicht der Typ, der andere niederschlägt oder mit dem Trecker überfährt. Aber er war ein Erpresser. Und damit sind wir bei der entscheidenden Frage: Wen hatte Günther Didier so in der Hand, dass er einen Mord von ihm verlangen konnte?«

Die Stille im Raum hatte etwas von einem Ächzen. Ich wartete zwanzig, dreißig Sekunden, bis die Spannung zum

Schneiden war, dann sang ich leise, fast flüsternd:

»Ich bin der Doktor Eisenhut
Kurier die Leute wohlgemut.«

Alle starrten mich an, als sei ich verrückt geworden – nur einer nicht: Walter Lübbers stieß ein gurgelndes Geräusch aus, wuchtete sich aus dem Sessel und rannte unter wildem Getrampel zur Tür. Kurz davor blieb er stehen wie vom Donner gerührt.

Fick stand wieder im Rahmen, und diesmal wirkte er richtig eindrucksvoll, denn in seiner rechten Hand lag eine große, mattschwarze Pistole. Er sah Lübbers an und neigte fragend den Kopf: »Ja?«

Walter schien völlig verstört. »Dies ist mein Elternhaus«, sagte er zögernd, »mein Elternhaus!« Dann trottete er zu seinem Platz zurück und ließ sich fallen.

Ich wartete ruhig, bis die Aufmerksamkeit wieder auf mich gerichtet war, dann fuhr ich fort. »Eines von Günthers ekelhaftesten Druckmitteln hat in öffentlichen Anspielungen bestanden, die nur er und sein Opfer verstehen konnten. Das alte Volkslied geht eigentlich: *Ich bin der Doktor Eisenbart, kurier die Leut' auf meine Art*. Mit dieser Melodie hat Günther am letzten Samstag Walter Lübbers beim Abendessen angesungen, aber aus ›Doktor Eisenbart‹ hat er dabei ›Doktor Eisenhut‹ gemacht – genau wie ich vorhin. Eisenhut ist eine hübsche, blaue Blume und zugleich die giftigste Pflanze, die in Europa wächst. Sie enthält jede Menge Aconitin. Fünf Tausendstel Gramm davon sind tödlich: Die Körpertemperatur sinkt, der Blutdruck sinkt, die Atmung setzt aus. Exitus bei vollem Bewusstsein und unerträglichen Schmerzen.« Mit einem Blick zu Eckermann sagte ich: »Den Totenschein für

Willi Lübbers hat der alte Doktor Evers ausgestellt. Der hat sich wohl auf seine Kenntnis der Tatsache verlassen, dass Willi schwerer Alkoholiker war. Wenn Sie die Leiche ausgraben, werden Sie aber Acotinin als Todesursache finden: Atemlähmung, Herzstillstand.«

Ich sah Walter an. »Müssen die Ihren Bruder wieder ausgraben, Walter, oder möchten Sie lieber darüber reden?«

Er presste die Lippen zusammen.

»Na schön.« Ich griff nach dem Klemmbrett. »Ich habe hier ein Sitzungsprotokoll des Verwaltungsausschusses der Gemeinde Niederholt. Es ist vom letzten November, und unter Punkt vier der Tagesordnung geht es darin um einen Antrag des stellvertretenden Bürgermeisters Walter Lübbers.«

»Woher haben Sie das?«, keuchte Walter. Er zeigte mit dem dicken Finger auf mich und rief Eckermann zu: »Das ist ungesetzlich! Das darf er gar nicht haben! VA-Sitzungen sind nicht-öffentlich! Das Protokoll ist nicht-öffentlich! Das darf er gar nicht haben!«

Ich wartete, bis ihm die Luft ausging, dann fuhr ich fort: »Das Protokoll hält Folgendes fest: *Der Antragsteller bittet, das im Besitz des Herrn Willi Lübbers befindliche Gelände zwischen Hegekoppel und Eilsbeek zur Bebauung freizugeben. Gegen den Einwand, dass eine entsprechende Eingabe des Herrn Willi Lübbers bereits vor Jahren abschlägig beschieden wurde, weil das Gelände im Außenbereich liegt, macht der Antragsteller geltend, dass eine Erschließung per Abrundungssatzung ohne weiteres möglich sei, weil das Areal nur gut einen halben Hektar umfasst. Abstimmungsergebnis: einstimmige Beschlussempfehlung an den Rat.*« Ich ließ das Klemmbrett sinken. »Eine Baulandfläche dieser Größe bringt in Niederholt derzeit etwa eine halbe Million Euro.«

Lübbers war in sich zusammengesunken und starrte auf seine Knie. »Walter, Walter«, sagte ich. »Was soll nur Ihre Mutter dazu sagen?« Damit hatte ich anscheinend den Nerv getroffen.

»Was hätt' ich denn tun sollen?«, stöhnte er. »All die Jahre musst ich ihn gewähren lassen und konnt' nichts machen – hätt' ich denn zugucken sollen, wie er das allerletzte bisschen auch noch versäuft? Steht mir denn überhaupt nichts zu, bloß weil ich der Jüngere bin? Das hier war auch mal mein Elternhaus! Und ich hab keinen Hof durchgebracht, ich war immer ein anständiger Sohn, wegen mir hat sich Mutter nie schämen müssen, ich hab nicht Schimpf und Schande über die Familie gebracht wie mein Bruder Willi! Jemand *musste* dem mal ein Ende machen!«

»Und das haben Sie gemacht.«

»Ja, zum Donnerwetter! Das hab ich gemacht! Wir hatten hier immer schon Eisenhut unterm Fenster, Wolfskraut haben wir als Kinder gesagt. Im September bin ich hin und hab die Samen gesammelt. Aber dabei muss mich Doktor Didier gesehen haben, weil an demselben Morgen, wo Willi tot war, ging es auch schon los mit den dummen Witzchen – ›Eisenhütchen, Eisenhütchen – da kommt der Doktor Eisenhut, wen der kuriert, dem geht's nicht gut‹, und solche Sachen. Erst hat er mich immer bloß so komisch damit aufgezogen, aber dann …«

Er sah mich zerknirscht an und schüttelte beteuernd den Kopf: »Paul, das mit Ihnen – dazu hat er mich gezwungen, das hätt' ich sonst niemals gemacht!«

»Natürlich nicht«, sagte ich. Am liebsten hätte ich ihm das Klemmbrett in den dicken Hals gerammt. »Aber wieso hat er das von Ihnen verlangt? Was wollte er damit erreichen?«

Lübbers war verblüfft. »Haben Sie das nicht vorhin selber gesagt? Er wollte das Lied für sich alleine haben!«

»Welches Lied?«

»Das, was Sie geschrieben hatten!«

»Das hat er gesagt?«

»Das hat er gesagt.«

Ich warf Eckermann einen prüfenden Blick zu. Er antwortete mit einem entschiedenen Nicken. Schön, das sollte mir genügen. Ich widmete mich wieder Lübbers. »Gut, dann verstehe ich das. Was ich aber noch nicht verstehe, Walter – was hatte Karl damit zu tun? Wieso Karl?«

Er ließ die Hände auf die Oberschenkel fallen und verzog schmerzlich das Gesicht. »Karl ist gerade in dem Moment nach Hause gekommen, wie ich das Loch im Stalldach mit den Brettern abgedeckt hab. Der war so besoffen, dass er nicht mal die Eisentreppe zu seiner Wohnung hoch geschafft hat, deshalb dacht' ich erst schon, er hat nichts gesehen – aber dann hat er auf einmal gerufen und gefragt, was ich da mache. Da dachte ich noch, Sie liegen tot da drin im Wasser, und nun hatte er mich gesehen! Da bin ich zu ihm hin, und eine von den Latten hatt' ich ja noch in der Hand – und da … da ist es passiert. Das war direkt neben Ihrem Auto, und Ihren Schlüsselbund mit dem Autoschlüssel dran hatte ich ja auch. Also hab ich Karl aufgehoben und vorsichtig hinten reingelegt. Und dann hab ich gar nicht lange überlegt, weil der Wagen stand ja direkt auf dem Weg nach dem See hin.«

Ich nickte. »Zum Seeufer, ersten Gang rein, Stein aufs Gas, und das war's. Bis dahin ist mir die Sache jetzt klar. Ich kann mir nur eins nicht vorstellen, Walter. Ich kann mir einfach nicht vorstellen, dass Sie das alles völlig kalt gelassen haben soll.«

Lübbers' Wimpern flatterten dankbar. »Das hat es ja auch nicht, um Gottes willen nein! Ich hab doch kein Auge mehr zugetan vor Angst, was ich getan hab!« Seine Stimme wurde sehr leise. »Aber er hat ja keine Ruhe gegeben! Als das letzten Samstag mit dem Trecker nicht auf Anhieb geklappt hat, da war er schon fuchsteufelswild. Der wollte Sie doch gar nicht erst hier haben! Und wie Sie auch noch aus dem Schweinestall wieder rausgekommen sind, da hätten Sie ihn mal hören sollen! Am Montagnachmittag hat er mich dann angerufen und gesagt, Sie laufen mit seiner knallroten Jacke durch den weißen Schnee wie eine Zielscheibe, und wenn ich Sie jetzt nicht erwisch, dann bin ich selber dran. Nach dem Anruf bin ich sofort los, hab auch bald die rote Jacke gesehen, aber wie ich gemerkt hab, dass Sie nicht alleine sind – da konnt' ich's nicht tun. Ich konnt's einfach nicht. Dafür hab ich es in der Nacht dann knüppeldick von ihm gekriegt. Alle haben schon geschlafen, aber ich musste ins Studio kommen, und da hat er im Sessel gesessen und hat die rote Jacke hochgehalten: Ich wär' ein Vollidiot, ein degenerierter Dorfdepp, ich wär' noch zu blöd, ein Loch in den Schnee zu pissen.« Seine Stimme war noch leiser geworden, er wirkte fast in sich gekehrt, aber er sah gelegentlich zu mir auf und sprach sehr deutlich. Sein Zeigefinger malte unentwegt winzige Kreise auf sein Knie. »Ich hab gesagt, ich lass mir von einem Mörder nichts mehr befehlen. Aber er hat bloß gelacht: Er hätte im Leben noch nie die Hand gegen einen Menschen erhoben – der Mörder wär' ich und sonst niemand. Da hab ich auf einmal gewusst, wer weg muss. Ich hab gleich neben den goldenen Schallplatten gestanden, wo auch diese goldene Hand stand. Die hab ich genommen. Er hat noch gesagt: ›Stell das hin, du Simpel, du brichst noch die Stimmgabel ab.‹ Das war das Letzte, was er gesagt hat.«

Auf Walters Gesicht lag der Hauch eines Lächelns.

Ich nickte Eckermann zu und gab ihm das Klemmbrett zurück: »Sie sollten nach seinem Norwegerpullover suchen. Der muss mit Blut vollgesogen sein wie ein Schwamm.« Damit ging ich.

Pelle folgte mir auf dem Fuße. Nina und Anneliese warteten an der Tür. Annelieses Augen waren dunkel vor Zorn, Nina presste meine Hand. »Respekt«, sagte Mombach.

Ich hatte plötzlich einen Riesenhunger.

13. Kapitel

»Die Fahne – senkt!«, schallte Heinrich Gökes Stimme über den Friedhof. Als der Trompeter sein Instrument ansetzte, erkannte ich ihn. Es war ein junger Elektriker, der Karl ab und zu im Studio geholfen hatte. Während er spielte, liefen ihm die Tränen übers Gesicht.

Der Himmel war klar. Es war ein kühler, trockener Adventssonntag. Der Sarg hatte beim Hinablassen nicht geplatscht. Der Boden da unten war immer noch gefroren. Die Friedhofskapelle war brechend voll gewesen. Karl hatte viele Freunde im Dorf gehabt.

Pelle war zur Beerdigung geblieben, auch die beiden Kommissare waren da. Fick gab sich wortkarg und abweisend, aber Eckermann hatte mir die Hand gegeben und mich grinsend gefragt, ob ich nicht zur Kripo kommen wolle. Ich machte ein interessiertes Gesicht. »Habt ihr da auch eine Dixieland-Combo?«

Den Norwegerpullover hatten sie in Walters Gartenhäuschen gefunden, aber sie würden ihn wohl gar nicht brauchen, denn Lübbers redete wie ein Wasserfall.

Mein Leichenwagen stand noch immer bei der Polizei; von dort sollte er auf den Schrottplatz. Man hätte ihn vielleicht wieder in Gang bringen können, aber der Aufwand lohnte nicht. Außerdem war mein Vater dagegen. Ich hatte ihn angerufen und ihn schonend über die Geschehnisse unterrichtet.

»Bleib mir bloß weg mit dem Ding«, hatte er gesagt und mich auf meine Frage nach dem Warum mit dem Argument verblüfft: »Da war eine Leiche drin!« Er wollte wohl kein Mordwerkzeug auf seinem Hof haben.

Die Trauergesellschaft löste sich auf und machte sich auf den Weg zu *Göke's Gasthof*. »Bis bald, Paul«, sagte Pelle. »Ich fahre. Ist ein langes Ende bis Köln.«

Anneliese schloss sich an: »Ich muss auch los. Die Leute wollen was essen. Was meint ihr– ob wir uns wohl noch mal wiedersehen im Leben?« Pelle und ich wussten keine Antwort. Sie wandte sich zum Gehen. »Paul, wieso hat Karl bloß den ein' Abend so viel getrunken? Er könnte sonst bestimmt noch am Leben sein!«

Ich zuckte die Achseln. »Das Studio war sein Leben. Er war ein Genie; er hatte alles selbst entworfen, ausgewählt, aufgebaut, justiert – die beste, präziseste Aufnahmemaschine, die ich gekannt habe. Der Doktor hat gar nicht begriffen, was er da hatte. Während ich letzten Sonntag Ninas Gesang aufgenommen hab, hat er Karl zu sich kommen lassen. Da hat er ihm wohl eröffnet, dass das Studio aufgelöst und zum Ausschlachten an den *Musik Markt* verkauft werden soll.«

Einen Augenblick lang standen wir noch verloren zwischen den Gräbern, dann trennten wir uns.

Nina hatte ich noch gestern Mittag nach Fuhlsbüttel gefahren, weil sie mich darum gebeten hatte. Sie hatte gerade genug Zeit, den Flug nach New York zu bekommen, auf den sie gebucht war. Als ich auf der Suche nach dem richtigen Parkhaus an den Terminals entlangkurvte, sagte sie: »Du Paul, weißt du was? Tu mir doch den Gefallen und behalt den Wagen! Wenn meine Scheidung danebengeht, kannst du ihn mir ja wiedergeben – und wenn ich gewinne, kauf ich mir sowieso einen neuen.«

Ich verzog keine Miene. Sollte ich mich wieder als Cary-Grant-Verschnitt und Gentleman-Schafskopf aufführen? Konnte ich mich darauf verlassen, dass Bridget Summers mich mit Millionen überschütten würde? Hatte ich ein Auto?

Hatte ich Lust, mich auf den nächsten kalten Bahnsteig zu stellen? Klare Antwort auf alle Fragen: nein.

»Ok«, sagte ich.

Nina küsste mich auf die Wange. »Hier sind die Papiere. Den Fahrzeugbrief lass ich dir schicken.« Sie holte ihr Gepäck aus dem Kofferraum, winkte und war verschwunden.

Der Friedhofsparkplatz hatte sich völlig geleert. Ich saß allein in meinem schwarzen Porsche. Irgendwas hatte ich vergessen. Als es mir schließlich einfiel, fragte ich mich, wieso ich nicht gleich darauf gekommen war.

Ich startete den Motor und fuhr noch einmal zum Eichenhof. Vor der Scheune blieb ich stehen. Ohne auszusteigen stieß ich die Beifahrertür auf und pfiff. Und da war er: Bruno der Große, Bruno der Pelzwust, Bruno der Treue. »Der geht sein Lebtag in kein Auto mehr«, hatte Karl gesagt, aber der Hund zögerte keinen Augenblick. Er sprang nicht auf den Sitz, sondern quetschte sich in den Fußraum davor, drehte sich geschickt um die eigene Achse und legte den riesigen Kopf auf die Sitzfläche, als habe er das schon immer so gemacht.

»Toller Trick«, sagte ich und kraulte ihn hinter den Ohren. »Bruno, du stinkst!« Ich gab Gas.

KBV-KRIMI

Egon Olsen

Heideblues

KBV-Krimi Nr. 149
Taschenbuch, 196 Seiten
ISBN 3-937001-66-2

Der eitle Musikmanager Dr. Günther Didier hat jede Menge Feinde in der Haifischbranche. Dass ihm ausgerechnet in der Abgeschiedenheit seines Landsitzes jemand den Schädel einschlagen würde, hätte aber niemand gedacht.
Tatort ist das malerisch gelegene Gut Eichenhof in der winterlichen Lüneburger Heide, auf dem der Ermordete ein Trüppchen illustrer Gäste aus dem Showgeschäft um sich versammelt hatte. Unter ihnen ist der chronisch abgebrannte Songschreiber Paul Nickel. Auch für ihn erweist sich die Landluft als äußerst ungesund: Nicht nur, dass ihn ständig ein Trecker zu überfahren versucht, er gerät er auch noch unter Mordverdacht. Nickel muss die Sache notgedrungen selbst aufklären und entwickelt dabei eine unkonventionelle Methode …

Carola Clasen

Schwarze Schafe

KBV-Krimi Nr. 147
Taschenbuch, 228 Seiten
ISBN 3-937001-64-6

In der Tierwelt blöken, fressen und vermehren sie sich innerhalb der Herde wie alle ihre Artgenossen, und ihre Fellfarbe ist nur eine Laune der Natur.
Bei den Menschen allerdings verhält es sich etwas anders: Äußerlich meist völlig unauffällige Einzelgänger treiben ihr grausiges Unwesen oft jahrelang unentdeckt und werden nur selten und durch Zufall von den Hütern des Gesetzes aufgespürt und ausgebremst.
Mehr als zwei Drittel aller Morde, die diese schwarzen Schafe auf dem Gewissen haben, sind Beziehungstaten. Kein Wunder also, dass es da alle treffen kann, Brüder, Schwiegermütter, Ehemänner, Kollegen, Freunde, Liebhaber …
Zwanzig bitterböse Geschichten aus der Feder einer Dame, die literarisch versiert zu morden versteht.

F.G. Klimmek

Des Satans Schatten

KBV-Krimi Nr. 144
Taschenbuch, 288 Seiten
ISBN 3-937001-61-1

Lange hat es Frederik von dem Kerkhof nicht in seinem holländischen Exil gehalten.
Es gilt, in Crange eine Dankesschuld abzutragen, die ihn zwingt, einen Mord aufzuklären, der nach menschlichem Ermessen nicht von einem Sterblichen begangen worden sein kann.
Damit betritt unser Held erneut ein mittelalterliches Szenario aus Tod, Intrige und Verrat von ungeahnter Dimension; denn der Ermordete war damit befasst gewesen, dem spurlosen Verschwinden ganzer Familien nachzuspüren.

»Klimmek fabuliert munter und in einer süffigen, plastischen Sprache, die in ihrer Mischung spätmittelalterlicher Prallheit und neuzeitlicher Coolness immer wieder einen Hang zur Parodie durchblicken lässt.«
(GIG, Münster)

KBV-KRIMI

Jan Bergrath

Kalt erwischt

KBV-Krimi Nr. 133
Taschenbuch, 188 Seiten
ISBN 3-937001-49-2

Am Kühlhaus im Kölner Großmarkt wird der Lkw-Fahrer Welscher beim Entladen von seinem eigenen Kühlzug an die Rampe gedrückt und stirbt einen qualvollen Tod. Die Handbremse der Sattelzugmaschine ist gelöst, der rumänische Beifahrer ist spurlos verschwunden. Alles deutet auf einen tragischen Unfall mit Fahrerflucht hin. Doch Hauptkommissar Gerber von der Kölner Kripo glaubt nicht an einen Fall für die Berufsgenossenschaft. Die Spedition hat den Fahrer massiv unter Druck gesetzt, weil er im Begriff war, einen Betriebsrat zu gründen und die Presse zu informieren. Gerber beruft noch in der gleichen Nacht eine Mordkommission ein und nimmt die Ermittlungen bei der ehemaligen Kölner Spedition Fischer auf …

Harry Luck

Wiesn-Feuer

KBV-Krimi Nr. 139
Taschenbuch, 209 Seiten
ISBN 3-934638-52-2

Eine tödliche Bedrohung liegt über der Wiesn: 25 Jahre nach dem Bombenanschlag auf dem Münchner Oktoberfest kündigen Unbekannte wieder ein verheerendes Attentat an. Doch die Verantwortlichen wollen die Gefahr lieber unter der Decke halten und lehnen strikt eine Absage des größten Volksfestes der Welt ab.
Auch der Münchner Lokalreporter Frank Litzka recherchiert und spricht mit den Opfern von damals. Dabei kommt er einer Gruppe Rechtsradikaler auf die Spur. Handelt es sich nur um verwirrte Spinner oder gefährliche Terroristen? Zur gleichen Zeit landet auf dem Schreibtisch von Kriminalhauptkommissar Jürgen Sonne die Akte eines ungeösten Falls: der »Wiesn-Mord«.

Silvia Kaffke

Totenstill

KBV-Krimi Nr. 138
Taschenbuch, 331 Seiten
ISBN 3-934638-53-0

Zunächst glaubt Barbara Pross noch an einen üblen Scherz, als pünktlich zu ihrer Vorlesung über den Serienmörder Kroll Schweinedärme in einer Unitoilette schwimmen. Doch dann tauchen Leichen auf, die wie bei anderen berühmten Fällen zugerichtet wurden. Barbara hat seit drei Semestern einen Lehrauftrag für Investigative Psychologie an der Uni, außerdem hält sie Vorträge an den Polizeifachhochschulen und wird des Öfteren als externe Beraterin zu schwierigen Fällen hinzugezogen. Ein solcher Fall eines Serienvergewaltigers führt sie zurück nach Burg im Kreis Dithmarschen, dem Ort ihrer schlimmsten Niederlage, dem Fall Schmidtmann. Noch immer wirft sie sich vor, damals das Opfer nicht gerettet zu haben.

KBV-KRIMI

Jacques Berndorf

Der letzte Agent

KBV-Krimi Nr. 134
Taschenbuch, 281 Seiten
ISBN 3-937001-51-4

Siggi Baumeister hat alle Hände voll zu tun. Nicht nur mit der grässlich zugerichteten Leiche, die er im Eifelland findet, gewissermaßen vor seiner Haustür. Auch eine resolute alte Dame aus Berlin tritt plötzlich auf den Plan und stellt sich als seine Tante Anni vor. Baumeister hat noch nie von ihr gehört. Und schließlich entpuppt sie sich als eine mit allen Wassern gewaschene Frau vom Fach, eine pensionierte Kripo-Kommissarin. Baumeister kann jede Hilfe gebrauchen, denn die Fährte, die er verfolgt, führt ihn direkt zu einem alten Stasi-Komplott …

»Die beste Serie im zeitgenössischen deutschen Kriminalroman.«
(FAZ)

»Jacques Berndorf ist der Eifelkrimi-Guru.«
(DIE ZEIT)

Jürgen Ehlers

Mitgegangen

KBV-Krimi Nr. 135
Taschenbuch, 390 Seiten
ISBN 3-934638-50-6

Düsseldorf, Februar 1929. Am Zaum einer Großbaustelle wird die Leiche eines kleinen Mädchens gefunden. Gewürgt, missbraucht, erstochen, mit Petroleum übergossen und angezündet. »Wer tut so etwas?«, fragt einer der Polizisten erschüttert. Die zynische Antwort lautet: »Meistens der Vater oder der Onkel.« Doch dieser Fall ist anders. Kommissar Wilhelm Berger sieht sich rasch mit einer ganzen Reihe brutaler Überfälle auf Männer, Frauen und Kinder konfrontiert. Ist hier ein Wahnsinniger am Werk? Ein Verdächtiger wird gefasst und gesteht alles. Doch die grausamen Morde gehen weiter …
Jürgen Ehlers zeichnet das bizarre Bild des authentischen Triebtäters Peter Kürten nach, der unter dem Namen »Der Vampir von Düsseldorf« in die Kriminalgeschichte einging.

Rich Schwab

Perlen vor die Schweine

KBV-Krimi Nr. 136
Taschenbuch, 249 Seiten
ISBN 3-934638-54-9

Schlagzeuger Büb Klütsch hat drei Probleme: Er ist notorisch pleite, hat immer Bierdurst und die Kölner Staatsanwaltschaft will den Tod seiner alten Freundin Kathrinchen unbedingt als Drogenunfall zu den Akten legen. An einen Unfall mag Büb aber gar nicht glauben und beschließt daher, selbst die Wahrheit aufzudecken. Keine ungefährliche Aufgabe angesichts der wenig zimperlichen Zuhälterkreise der Domstadt, in denen Kathrinchen verkehrte.

»Rauh und heiser, in ruppiger Gangart, wie ein Song von Van Morrison.«
(Elke Heidenreich über NIE WIEDER APFELKORN)

»Schärfer als die Songs von Tom Waits.«
(Hajo Steinert, Deutschlandfunk, über EINE ALTE DAME GING HERING)